LE PARADIS
DES HOMMES
PERDUS

CHRISTIAN LÉOURIER

LE PARADIS DES HOMMES PERDUS

HACHETTE

COUVERTURE DE TIBOR CSERNUS

DU MÊME AUTEUR

Dans la même collection :

Série Jarvis : LE MESSAGER DE LA GRANDE ÎLE
(*Mention spéciale au Prix Jean Macé 1974*)

Chez un autre éditeur :

LES MONTAGNES DU SOLEIL (*Laffont*)

LIBRAIRIE HACHETTE, 79, BOULEVARD SAINT-GERMAIN, PARIS VIe

CHAPITRE PREMIER

HAGEL LE RUNÉEN

1

LES oiseaux tournaient lentement en criail-
lant au-dessus du bateau. Là où il y a
un homme, il y a deux folges, prétendait un
proverbe thalassien.

Malgré leur ressemblance avec les oiseaux de
la Terre, les folges étaient originaires de la
planète Thalassa. On ne pouvait en dire autant
de tous les occupants de la planète. Lorsque
les hommes, après le naufrage du vaisseau
interstellaire *Aloade*, avaient perdu tout espoir
de renouer la communication avec leurs semblables, ils avaient peuplé leur nouveau

domaine d'espèces terriennes. Une partie de la faune thalassienne n'avait pas survécu à cette invasion.

Ce n'était pas le cas des folges. Non seulement ils s'étaient accommodés de la présence des étrangers, mais encore ils avaient pris l'habitude de suivre les navires des hommes, et même d'envahir leurs villes.

Le soleil, qu'on appelait ici Ournos, brillait avec insolence au-dessus de la mer, au-dessus des oiseaux. Une brume bleutée estompait l'horizon. La mer et le ciel se fondaient. Tel était le vrai visage de Thalassa. Une planète couverte d'eau, où les terres faisaient tache.

Engourdi par la chaleur, bercé par le clapotis des vagues sur la coque, Jarvis de Hélan somnolait. Peu de vent. La flottille progressait lentement. Aucune importance pour les nomades de la mer. Ils allaient où les poussait le vent, et s'il fallait attendre la brise, leur patience n'avait pas de limite. Ils aimaient et respectaient l'océan, qu'ils appelaient le père de la liberté.

En effet, lorsque les hommes s'étaient implantés sur Thalassa, leur premier soin avait été de se répandre sur les îles. La nécessité de survivre sur un monde étranger, qu'ils n'avaient pas eu le temps d'adapter à leurs besoins, le désarroi où les avaient plongés la perte du vaisseau qui les avait emportés jusqu'ici, la dégradation des techniques, tout cela avait nécessité la mise en place d'institutions rigides, d'une société où chacun avait un rang et un rôle précis. Il serait toujours temps de libéraliser la société quand l'urgence serait passée... Or les générations s'étaient succédé, sans qu'apparaissent de réels progrès. Une fois formées, les castes avaient lutté pied à pied pour défendre leurs privilèges.

Alors les hommes libres avaient tourné leur regard vers la mer. Ils avaient construit des bateaux, ils étaient partis à l'aventure, errant au gré des courants, vivant de pêche et quelquefois de commerce. On les appelait Meeranes, et il courait sur eux les bruits les plus divers. On en connaissait plusieurs tribus; chacune avait ses bateaux, ses chefs et ses mœurs. Mais toutes avaient en commun la passion de l'océan.

Javis n'était pas d'origine meerane. Il avait grandi sur une île. Néanmoins, il partageait cet amour. Aussi éprouvait-il quelque peine à deviner chez Uriale, sa compagne, des sentiments différents.

La terre manquait à la jeune fille, et si elle parvenait parfois à l'oublier quand la flottille fendait l'eau à la poursuite d'un horizon toujours fuyant, l'ennui la saisissait quand elle contemplait cette mer d'huile sur laquelle ils stagnaient.

« Combien de temps ce plat va-t-il durer? » demanda-t-elle soudain.

Jarvis s'étira avant de répondre. Sa haute stature le distinguait des vrais Meeranes. D'un geste familier, il ramena une mèche brune, qui retomba aussitôt sur son front.

« Préfères-tu la tempête? »

Uriale haussa les épaules, et lui tourna le

dos. Jarvis soupira en contemplant la silhouette souple de la jeune fille. Aucune brise ne venait agiter la chevelure qui se répandait sur ses épaules. Bien sûr, un séjour prolongé sur l'océan n'était pas l'idéal pour une botaniste. Il s'en voulait de ne pouvoir lui offrir mieux. Mais depuis que, pour s'être révolté contre les injustices commises par ses pairs, il avait été exclu de la Confrérie des Chasseurs, son sort était lié à celui des Meeranes. Sverd le Rouge, le chef du clan des Roodéens, l'avait pris en amitié. Depuis, le sloop de Jarvis accompagnait la flottille de la tribu [1].

Jarvis saisit Uriale par les épaules et l'attira à lui. Elle ne résista pas, ni ne se prêta à ce geste.

« Tu t'ennuies? »

Elle leva les yeux sur lui. Le vent du large avait hâlé son visage, et ses yeux en paraissaient plus verts.

« Un peu. Je ne sais pas comment te dire. J'ai l'impression de perdre du temps, alors qu'il y a tant à faire. Nous n'avons pas exploré toutes les îles, et tu sais combien la végétation peut différer d'une terre à l'autre.

— Nous n'avons pas non plus exploré toutes les possibilités de la mer. Et l'océan, c'est la planète!

— Ce n'est pas la même chose. Peut-être pourrons-nous exploiter l'océan un jour. Mais, dans l'état actuel des choses, les gisements

---

1. Voir *Le messager de la grande île.*

émergés sont les seuls sur lesquels on puisse réellement compter. Sans parler des richesses du couvert végétal. »

Insidieusement, Uriale ramenait son compagnon à des pensées qui lui inspiraient du dépit, voire de la colère. Depuis que les hommes avaient accidentellement pris pied sur Thalassa, ils avaient perdu le niveau technique auquel ils s'étaient hissés. Principalement à cause de la pénurie de matières premières. Et aussi des nécessités immédiates de survie. Bien sûr, les nomades cherchaient à améliorer la situation en tentant de percer les secrets de l'océan. Mais c'était là une œuvre de longue haleine. Uriale avait raison. Seule l'apparition d'une technologie nouvelle pouvait secouer l'apathie des Thalassiens depuis longtemps enlisés dans leur système de castes, fermés à toute innovation. Et pour cela il fallait, en abondance, des métaux et de l'énergie.

La vigie du *Wei-Hengst* cria quelque chose.

« Tu voulais du changement, en voilà! ironisa Jarvis.

— Que se passe-t-il? Je n'ai pas compris ce qu'il disait.

— Moi non plus. Le *Wei-Hengst* est trop loin. Mais nous ne tarderons pas à le savoir. »

Deux jeunes Meeranes partageaient l'*Aven-Flo* avec Jarvis et Uriale, bien que le sloop ait été conçu pour être piloté, en cas de besoin, par un seul homme. En quelques manœuvres, ils mirent le navire en position de rejoindre le vaisseau amiral, qui croisait à quelques encablures. Malgré la faiblesse du vent, l'embarcation, plus légère et plus racée que le *Wei-Hengst*, gagnait sur lui. Quand il fut assez proche, Jarvis mouilla le petit canot de l'*Aven-Flo*. Il était à portée de voix à présent, mais il préférait rendre visite à Sverd. Les distractions étaient rares en ce moment. Uriale l'accompagnait.

Ils trouvèrent le capitaine fort préoccupé.

« Qu'y a-t-il? » demanda Jarvis.

Pas de salut, ni de politesse. Quand ils se rencontraient, les deux hommes semblaient poursuivre une conversation entamée des mois auparavant. Physiquement, ils étaient aussi différents que possible. Jarvis, élancé, le poil et les yeux noirs, le menton carré relevé avec insolence, dominait d'une bonne tête cet homme roux, massif, au front perpétuellement penché en avant, comme s'il se préparait à subir l'assaut d'un ennemi toujours présent. Pourtant, en dépit de ce contraste, ils avaient plus d'un point commun. A commencer par leur insatiable curiosité.

« La vigie signale une voile à l'horizon, dit Sverd d'une voix sourde.

— Un marchand?

— Non, voiles triangulaires. Plutôt l'un des nôtres.

— Un navire meerane? Seul?

— Oui, et c'est bien ce qui m'inquiète. Si la tribu n'est pas entière, c'est qu'elle a été dispersée. Ou bien... »

Sans achever, il leva la tête vers la vigie.

« Alors? rugit-il.

— On dirait qu'il met droit sur nous, dit l'homme de quart.

— Ou bien, il me cherche, poursuivit le capitaine à l'intention de Jarvis. Et je n'aime pas cela. »

2

Dans la soirée, alors que les brumes se dissipaient, ils distinguèrent mieux le navire. Il voguait sous le vent. Pour compenser le manque de brise, les matelots tractaient le navire avec deux baleinières. Depuis combien de temps ramaient-ils ainsi?

« C'est bien ce que je craignais, soupira Sverd. Ils nous cherchent. Et ils ont l'air particulièrement pressés. »

Insensiblement, l'escadre roodéenne s'était resserrée autour du *Wei-Hengst*. A présent, les neuf navires voguaient de conserve.

« J'y vais, décida Jarvis. L'*Aven-Flo* est plus léger.

— D'accord. Cunan ira avec toi. Pas d'imprudence. Si je me suis trompé, si ce bâtiment n'est pas des nôtres, reviens immédiatement. Et même s'il te paraît meerane, prends garde. »

Conseil inutile. Jarvis rôdait depuis trop longtemps sur les océans de Thalassa pour ne pas se méfier de tous et de tout.

Tiré par tout l'équipage, le navire étranger

s'approchait, lentement, mais avec une impressionnante régularité. On l'aurait dit prêt à parcourir la planète entière. Il s'agissait bien d'un navire meerane; du clan runéen, selon les précisions de Cunan.

« Amis, ou ennemis? s'enquit Jarvis.

— Tous les Meeranes sont frères! précisa le second du *Wei-Hengst*.

— On n'est pas obligé d'aimer son frère », répliqua le Hélanite.

Cunan voulut répondre, mais, se souvenant à temps que Jarvis avait assisté à de mémorables algarades entre Roodéens et Grenders, il précisa :

« Amis. Nos flottes se rencontrent fréquemment. Et nombre de leurs filles voguent actuellement sous l'étendard du *Wei-Hengst*.

— Pour le moment, j'ai surtout l'impression que leurs filles sont en train de ramer. »

Quand les baleinières des Runéens furent à portée de voix de l'*Aven-Flo*, un homme, quittant le banc de nage, se porta à l'avant de l'embarcation. Une ample chevelure grise, une énorme barbe noire couvraient ses traits. Sur son torse nu, couvert de poils, une plaque pectorale de cuivre jetait un éclat roux.

« Hagel », annonça Cunan.

Plus qu'une présentation, c'était une référence. Hagel avait acquis parmi les nomades une réputation que Jarvis comprenait maintenant qu'il voyait le colosse.

« Ho là! cria le géant. Nomme-toi!

— Nous venons au-devant de vous, au nom du clan roodéen! cria Jarvis.

— Pourtant le pavillon de Sverd ne flotte pas à ton mât!

— Ce navire est l'*Aven-Flo*. Et je suis Jarvis de Hélan! »

La réputation du Hélanite valait celle de Hagel. N'était-il pas le premier à avoir trouvé le moyen de traverser les redoutables courants de l'océan? Pendant cet échange, les embarcations s'étaient rapprochées, et, sans y être invité, Hagel sauta à bord de l'*Aven-Flo*.

« C'est un peu toi que je cherchais, dit le nomade. Nous autres, Meeranes, sommes rois sur la mer. Mais nous ne connaissons rien aux îles. J'ai donc besoin de ta science.

— S'agit-il de Hélan?

— Non. L'île que je veux explorer se nomme Farnsel! »

A ce mot, l'attention d'Uriale, d'abord retenue par l'étrange aspect du colosse, s'éveilla. Farnsel! L'île tropicale. Celle dont on tirait les bois les plus précieux. D'où provenaient les plantes les plus rares. L'île des forêts et des fièvres, qui n'avait jamais livré tous ses secrets. Une végétation inextricable, un climat malsain, une faune redoutable en interdisaient la pénétration. Les marchands de Najade, qui y avaient établi un comptoir, avaient dû renoncer à en atteindre le centre.

« Si ce sont des renseignements que tu veux... »

Le Meerane balaya l'air de sa main.

« Qui parle de discours? Bien sûr, nous voulons des renseignements. Mais tu n'en sais probablement guère plus que moi au sujet de cette île maudite. Les marchands des Archipels ont fait tout ce qu'il fallait pour cela. Les informations, il faudra les chercher sur place! »

Jarvis jeta un coup d'œil éloquent à Uriale. Elle s'ennuyait de la terre? Eh bien! Voilà de quoi la distraire.

Elle n'en demandait sans doute pas tant.

3

Le colosse grimpa deux par deux les échelons de la coupée, et sauta sur le pont du *Wei-Hengst* avec une souplesse étonnante chez un homme de sa corpulence. L'accueil que lui réserva Sverd fut des plus cordiaux. En fait, le colosse, attrapant le Roodéen sous les épaules, le souleva du sol en une redoutable embrassade. Sverd dirigeait l'un des clans meeranes les plus puissants, et, aussi longtemps que son équipage n'en aurait pas décidé autrement, il garderait une incomparable renommée parmi les fils de la mer. C'est à ce prestige que Hagel venait faire appel. Une fois passées les manifestations de joie, le colosse redevint grave.

« C'est un conseil que je viens chercher, dit-il. Tu es connu pour ta sagesse. Ton conseil et peut-être ton aide, ajouta-t-il en baissant la voix.

— Si tu réclames mon aide, tu auras besoin

de mon équipage. Il convient donc de parler devant lui. »

Le colosse paraissait embarrassé.

« Peut-être, suggéra une voix, Hagel pourrait-il demander le conseil d'abord, en privé. Ensuite, si tu le juges bon, tu exposeras ton cas devant tous. »

L'homme qui avait parlé n'appartenait pas au clan roodéen. Ni à aucune tribu meerane. Il s'agissait du vieux Parson, le compagnon de Jarvis, qui avait choisi de le suivre après avoir traîné, mendiant et philosophe, sur toutes les terres émergées de Thalassa, de Borgland aux Archipels. Le plus extraordinaire était que ce vagabond trouvait le moyen de continuer son éternelle errance, à l'intérieur même de la flottille. Présentement, il vivait sur le *Wei-Hengst*, où on appréciait sa sagesse et ses dons de conteur.

Comme Sverd paraissait réfléchir, le colosse souffla :

« Epargne-moi la honte d'avoir à parler devant mes frères si ceux-ci ne peuvent m'aider.

— D'accord », concéda Sverd.

Ce préambule ne lui plaisait guère. Il n'était pas homme à refuser le danger ou la lutte. Mais Hagel non plus, et il le savait. L'honneur du Runéen était engagé. Dans quelle sombre affaire?

Ils s'engouffrèrent tous deux dans une écoutille. Lorsque Sverd en sortit, quelque vingt minutes plus tard, il semblait à son tour préoccupé.

« Que les capitaines des huit vaisseaux me rejoignent, ainsi que ceux des îles. »

Jarvis, Uriale et Parson discutaient sur le pont. Cet appel ne les surprit guère. Parson l'avait prévu après que Jarvis lui eut fait part des quelques renseignements que lui-même possédait.

Quand tous furent réunis dans le carré, Sverd prit la parole.

« Ce que notre frère vient nous dire, je vous demande de l'écouter attentivement. Ensuite, vous nous ferez part de votre impression. Quant à vous, ajouta-t-il à l'intention des Hélanites, Hagel a désiré votre présence parce que vous connaissez les îles, et aussi parce que vous nous connaissez, nous, Meeranes. Mais comme vous n'êtes pas de notre sang, vous jugerez sans passion. »

Hagel se leva.

« Nous autres, Runéens, sommes un petit clan, dit-il. Notre flotte ne réunit que trois navires, et la moindre réparation compromet nos ressources. Il y a quelques mois, une tempête nous a pris à Wildestrom. J'ai pu échapper au grain en me jetant dans le Sellom. Un rude courant! Mais si nous tenions, il nous entraînerait loin de la zone de tempête. »

Quelques hochements de tête approuvèrent cette manœuvre. Les courants qui sillonnaient la surface de l'océan thalassien en constituaient la plus grande difficulté. Une fois engagé dans un de ces fleuves maritimes, aux cours emmêlés, il était souvent pénible d'en sortir. Seuls les Roodéens savaient, grâce à Jarvis, comment couper les courants par le travers.

« Comme prévu, je me retrouvai très loin de la zone dangereuse. Mais deux de mes bateaux étaient démâtés. Mon propre bâtiment avait subi quelques avaries. »

Le colosse baissa la voix pour conter la suite. La tribu étant pauvre, il lui avait fallu se résoudre à la dernière extrémité : laisser des jeunes gens chercher un travail à terre. Un Meerane ne trouvait jamais à embarquer sur un vaisseau marchand. Les nomades avaient trop mauvaise réputation, bien qu'ils ne fissent rien pour la mériter. Même à terre, ils ne se seraient pas risqués s'il n'y avait eu les îles forestières, ainsi qu'on appelait ces terres malsaines des tropiques où prospéraient les meilleures essences. Là-bas, on avait besoin de bras, et peu importait d'où ils venaient.

« Ruder, mon neveu, et deux autres jeunes partirent donc à bord d'une baleinière pour intercepter une caravane marchande qui les conduirait à Farnsel. Ils devaient rester quatre mois. On ne les vit pas revenir. J'ai envoyé deux des nôtres, déguisés en chasseurs de korqs, à leur recherche. Comme les quelques camps de bûcherons dont nous connaissions l'existence ne sont guère éloignés de l'unique village, nous pensions qu'il serait facile d'apprendre si oui ou non ils se trouvaient encore sur l'île. En réalité, il y a un autre camp, en forêt profonde. Personne n'y va sans raison. On n'en parle qu'à mots couverts. Pas question pour nos espions d'y aller voir. D'ailleurs, nul ne semble en connaître la situation. Peu

à peu, ils apprirent qu'effectivement des Meeranes s'étaient portés volontaires pour y travailler.

« Seulement, pour parvenir à ce résultat,
ils avaient dû poser des questions. Avaient-ils
attiré l'attention des marchands, et ceux-ci
avaient-ils percé à jour leur déguisement? C'est
probable. En tout cas, au moment où ils partaient, on leur confia un message : les jeunes
se prétendaient très heureux là où ils se trouvaient, et ne désiraient pas reprendre la mer. »

Aussitôt les Meeranes exprimèrent bruyamment leur indignation.

« C'est un faux! rugit Ranke.

— J'ai reconnu l'écriture de mon neveu,
avoua Hagel, tête basse.

— Alors, on l'a forcé, décida Cunan.

— Peut-être, suggéra Parson, a-t-il estimé sa
réponse suffisamment saugrenue pour éveiller,
à elle seule, la méfiance des siens.

— Puis-je formuler une hypothèse? risqua
Uriale. Supposez que le message dise la vérité. »

Les Meeranes se renfrognèrent. Cette « ter-
rienne » se faisait mal à la vie des nomades,
c'était évident. Mais de là à supposer le même
sentiment chez un vrai fils de la mer!

« Voyons, dit Jarvis. Tu connais Farnsel!

— Eh bien, non! Justement. Vous en parlez
tous comme s'il était impossible d'y vivre heureux. Mais que savons-nous de cette île?

— Seul le littoral est habitable.

— Seul le littoral est habité! corrigea
Uriale. Derrière la première forêt, il y a la
jungle, impénétrable. Et on suppose que le

marais entoure une bonne partie de la montagne centrale. On n'en est pas sûr. Quant à cette fameuse montagne, qui y a jamais mis les pieds?

— Je veux bien admettre que l'île soit hospitalière, trancha Sverd. Mais j'ai eu l'occasion de rencontrer Ruder. Il ne m'a pas fait l'impression d'aspirer à autre chose, excuse-moi, Hagel, que prendre la tête du clan quand son oncle serait déposé. C'est un vrai Meerane. Un vrai fils des vagues.

— Une chose est certaine, en tout cas, murmura ironiquement Parson. Hospitalière ou pas, Farnsel va recevoir de la visite.

— Il faut que le clan accepte, répliqua Sverd. Un raid sur une île des Archipels, c'est autre chose qu'une campagne de pêche! »

Parson sourit sans répondre. Sverd était un homme habile. Dès que Hagel lui avait exposé son cas, il avait décidé de lui porter assistance. Mais comment les Roodéens allaient-ils accepter sa décision? Ils n'étaient pas des Runéens, eux, pour accepter sans répugnance l'idée de toucher terre. En réunissant les capitaines en conseil extraordinaire, Sverd faisait croire à une situation particulièrement grave. Déjà les hypothèses les plus folles devaient courir les ponts. On prédisait des catastrophes, on s'inquiétait, on s'énervait. Viendrait la nouvelle : Trois Meeranes prisonniers sur Farnsel. Ce n'était donc que cela? On saurait bien les libérer, pas vrai?

« Pas de questions? demanda Sverd. Très bien. Dans ce cas, que chaque capitaine rejoigne son bord et parle à son équipage. Ceux qui seront d'accord pour un raid hisseront le pavillon rouge à la corne. »

Décidément, Sverd ne laissait rien au hasard. Le pavillon rouge, l'emblème du clan! Tous auraient à cœur de l'arborer.

4

Tout se déroula selon le plan prévu. Mais il ne s'agissait pas de se lancer aveuglément à l'aventure. C'eût été risquer à la fois la vie des membres de l'expédition et celle des Meeranes bloqués sur Farnsel.

En homme prudent, Sverd entendait apporter au raid la préparation la plus méticuleuse. Hagel était bien conscient de cette nécessité. S'il avait fait appel aux Roodéens, c'était parce que ceux-ci pouvaient compter sur l'assistance de Jarvis et d'Uriale. Le Hélanite connaissait la faune et la géologie des îles. La jeune fille, la végétation. Autant de pièges qu'on trouvait sur une terre.

La carte des abords de Farnsel était notoirement imprécise. Tout nomade possesseur de renseignements sur l'île devait en faire part à son capitaine. Bientôt Sverd put dresser une liste de toutes les frayeurs et de toutes les appréhensions du genre humain. Farnsel drainait sur son compte toutes les superstitions, toutes les légendes. A l'exception de celles qui présentaient un caractère agréable.

« Qu'en pensez-vous? demanda Sverd aux capitaines réunis, une fois de plus, en conseil.

— Si la moitié de ce qu'on raconte sur cette île est vrai, nous serons morts avant d'avoir fait dix pas sur sa plage, ironisa Jarvis.

— Ne trouvez-vous pas curieux, remarqua le vieux Parson, que, de toutes les îles des Archipels, Farnsel soit la seule à avoir une si détestable réputation. Cela me surprend d'autant plus, que je ne me souviens pas d'avoir entendu de tels récits dans ma jeunesse. Tout se passe comme si on entretenait avec soin la légende de l'île, pour décourager les curieux.

— Qui aurait cette idée saugrenue? demanda quelqu'un.

— Les marchands, je pense. Eux seuls paraissent y avoir intérêt. »

Si Jarvis connaissait sa planète, et Uriale les plantes qui y croissaient, Parson, lui, possédait la science des hommes.

Sverd réfléchissait :

« Dans ce cas les marchands se méfient.

— Donc, ils intercepteront tout navire meerane croisant au large de l'île, ajouta Cunan.

— Il faut donc leur opposer une flotte capable de les tenir en respect assez longtemps, conclut Jarvis.

— Voilà pourquoi Hagel est venu nous chercher. Il a tenu un raisonnement semblable », acheva Parson.

Au regard que lui lança le colosse, il était aisé de comprendre qu'il touchait juste.

CHAPITRE II

LES PIÈGES DE FARNSEL

1

F ARNSEL se découpait sur l'horizon embrasé par le crépuscule, noire comme une menace. A bord de l'*Aven-Flo*, les huit élus achevaient leurs préparatifs dans l'attente de la marée. Ils avaient de la chance. Les deux satellites de Thalassa entraient en conjonction avec Ournos, soulevant les eaux à un niveau inhabituel. Compte tenu des récifs qui entouraient l'île, cela représentait un atout dans leur jeu.

L'expédition comptait huit membres. Jarvis, Uriale et les deux capitaines, bien sûr. Et

Monya, la cartographe du *Wei-Heng*st. Sverd avait tenu à ce qu'elle vînt faire des relevés topographiques : les Meeranes ne perdaient pas une occasion d'accroître leurs connaissances. Des trois marins qui formaient le reste de la troupe, un seul appartenait au clan meerane : Davith. Jarvis le connaissait bien; il avait vogué sur l'*Aven-Flo*, quelque temps. Un homme souple, nerveux, habile à se glisser partout en silence. Quant aux Runéens, Raum et Tagner, nul doute qu'ils avaient été choisis avec le même soin. Raum connaissait l'île pour y être allé comme espion.

Chaque membre de l'expédition emportait un fusil, arme précieuse en raison de la rareté des métaux sur la planète, un sac chargé de provisions, une boussole et une gourde. Le groupe disposait en outre de deux grappins, quatre cordes et d'un certain nombre de torches, en appoint des lampes qui pendaient aux ceintures. Hagel enfin avait insisté pour emporter quelques bâtons de dynamite.

Le plan mis au point était simple. La flotte nomade croiserait au large du comptoir marchand, de façon à se faire repérer. Pendant ce temps l'*Aven-Flo* confié à son équipage meerane, prenant l'île à revers, déposerait les huit *raiders* sur une plage déserte et se retirerait aussitôt. Avec un peu de chance, ce débarquement passerait inaperçu. L'expédition disposerait de dix jours pour mener à bien sa mission. Passé ce délai, l'*Aven-Flo* viendrait la chercher à l'endroit même où il l'aurait déposée.

Le problème consistait donc à découvrir le camp de bûcherons où se trouvaient les Runéens dans un délai aussi bref. Les espions de Hagel n'avaient pu obtenir aucune indication sur sa localisation, aussi fallait-il se résoudre à la seule solution raisonnable : gagner le point culminant de l'île, repérer la coupe et s'y rendre le plus rapidement possible. Pour revenir, ils emprunteraient le plus court chemin praticable.

Un tel plan ne valait qu'à deux conditions : que l'on découvre toute l'île de son sommet, et que la végétation soit suffisamment homogène pour que l'on distingue la coupe sans ambiguïté. Ils avaient une assurance en ce qui concernait le premier point : l'île, d'origine volcanique, revêtait l'aspect d'un cône excentré, très évasé dans le bas. S'ils pouvaient en atteindre le sommet, aucune parcelle de son territoire ne leur échapperait. Par contre, pour le second point, il leur fallait compter sur la chance.

Il y avait d'autres incertitudes, évidemment : pourraient-ils traverser l'inextricable fouillis de la forêt profonde? Sauraient-ils déjouer les pièges, qu'on disait redoutables, de ce sol inconnu? Les marchands de Najade, maîtres absolus de Farnsel, n'allaient-ils pas les intercepter? Mais aucune ne les inquiétait pour l'instant autant que la possibilité de ne pas repérer la coupe.

Une dernière fois, Jarvis vérifia son équipement. Il avait apporté un soin extrême à affûter le coutelas qui ne quittait jamais son

côté : ne racontait-on pas que des lianes accro-
chaient les jambes des imprudents et les ser-
raient au point d'en broyer les os?

Il donna le signal du départ. Jusqu'à son
débarquement, il restait le maître de l'*Aven-
Flo*, et tenait à diriger lui-même les manœuvres
d'approche. Bien sûr, il faisait confiance à
l'équipage meerane qu'il avait choisi. Mais il
ne voulait plus penser à sa mission aussi longtemps qu'il ne toucherait pas l'île. Diriger ce
délicat accostage était exactement la tâche qu'il
fallait pour cela.

La nuit était venue. Seul Doris, le plus petit
des satellites de Thalassa, éclairait la mer. Jarvis avait hissé les voiles noires, pour être
moins repérable. Porté par bon vent arrière,
le sloop bondissait vers Farnsel.

2

Les sondes avaient révélé la présence d'un
chenal dans les hauts-fonds de sable, approxi-
mativement à l'endroit où la vieille carte
indiquait un accès à la plage : l'estuaire d'un
cours d'eau douce. Comme un fort courant
protégeait la côte, il était peu probable que
les marchands aient pris la précaution de surveiller cette partie de l'île. D'ailleurs, ils
étaient trop peu nombreux pour assurer une
garde efficace de tout le littoral.

Jarvis dirigea l'étrave de l'*Aven-Flo* perpen-

diculairement au courant. Sitôt la proue entraî-
née, commençait la délicate manœuvre qui permettait de franchir l'obstacle. Le secret de
Jarvis, qui lui avait valu le surnom de che-
vaucheur de courant — et une solide réputation parmi les navigateurs.

Ils mouillèrent l'*Aven-Flo* à une quinzaine
de mètres de la plage, de crainte de l'échouer.
Ils gagnèrent la berge à la nage, tandis que
l'un des marins amenait en canot leur équipement.

En suivant la rive du cours d'eau, ils se précipitèrent sous le couvert végétal. Chacun prenait soin de courir dans les traces de ses compagnons; ainsi, on n'aurait aucune indication
sur leur nombre au cas où on découvrirait leurs
empreintes. Quand ils se retournèrent, l'*Aven-
Flo* s'éloignait déjà.

« Il n'y a plus qu'à attendre l'aube, dit Jarvis. Essayons de dormir. »

Inutile de désigner une sentinelle. Un proverbe dit qu'un Meerane ne peut trouver le
sommeil sans être bercé par les vagues. Jus-
tifié ou non, il se vérifierait cette nuit.

A peine les premières lueurs d'Ournos
avaient-elles effleuré la cime des arbres, que
la petite troupe se mit en marche. Pour commencer, elle suivit le cours d'eau, mais, rapidement, les hautes herbes coupantes qui encombraient le lit et la rive obstruèrent le chemin

Ils obliquèrent alors vers la droite et s'enga-
gèrent dans le sous-bois.

La végétation de la forêt côtière, pour dense

qu'elle fût, ne s'opposait pas à leur avance. Les troncs poussaient hauts et droits, et leur cime jetait sur le couvert une pénombre peu propice au développement de taillis. Le sol était plat. Il le resterait sur une vingtaine de kilomètres. La petite troupe progressait donc assez vite. Néanmoins, l'obscurité ambiante, la touffeur de l'air, le bourdonnement des insectes rendaient son avance pénible. On comprenait pourquoi les hommes n'aimaient pas travailler sur l'île.

Sverd pestait sans cesse contre les insectes qui proliféraient dans cette pénombre moite.

« Quand je pense, maugréait-il, que c'est nous qui les avons amenés! »

Thalassa connaissait en effet peu d'animaux comparables aux insectes ailés. Et les rares espèces autochtones étaient végétariennes. Les hommes avaient importé les espèces terriennes au moment de leur installation forcée. Si les végétaux thalassiens, bien adaptés, avaient résisté à la progression de leurs homologues terriens, le sort des animaux avait été différent. Les espèces terriennes s'étaient implantées dans tous les milieux, détruisant au besoin les animaux autochtones.

« On aurait pu se dispenser de ceux-là, grommela Sverd en écrasant d'une claque puissante trois moustiques sur sa joue.

— Un chaînon indispensable du cycle écologique! précisa Jarvis. Que mangeraient les oiseaux?

— Tu en vois beaucoup, des oiseaux, dans cette forêt!

— Ça, je dois reconnaître que c'est plutôt dépeuplé », concéda Jarvis.

Soudain, un cri déchira l'air. Les Meeranes se figèrent sur place. Instinctivement, Jarvis porta la main à son poignard.

« J'ai parlé trop vite », souffla-t-il.

La forêt, réveillée, résonnait de sinistres rumeurs. Aux cris succédaient des sanglots, repris d'écho en écho.

« Eh bien! s'étonna Uriale. Pourquoi ralentissez-vous? »

Le vacarme ne semblait nullement l'impressionner.

« Tu sais de quoi il s'agit, n'est-ce pas? » dit Jarvis.

Il connaissait assez sa compagne pour savoir que, malgré son courage, elle n'avancerait pas avec un tel sang-froid au-devant d'un danger inconnu.

« Les cris que vous entendez ne sont pas le fait d'un animal, expliqua-t-elle, mais d'un arbre qu'on appelle le hurleur. La nuit, ses branches se replient les unes contre les autres. Quand, chauffées par le soleil, elles se déploient, le bois grince d'une façon horrible. On dirait un hurlement de terreur.

— Charmant pays! s'écria Davith. Tout est prévu pour détendre l'atmosphère. »

Tant que ce ne sera pas plus grave... pensa Jarvis. Mais il s'abstint d'en faire la remarque à haute voix.

3

Ils traversèrent la forêt côtière sans incident.

« La jungle profonde », annonça Uriale en désignant la végétation qui s'opposait à leur avance.

Les cimes des arbres, bien que plus fournies, laissaient passer davantage de lumière. Le feuillage, en effet, en était translucide. Cette particularité ne présentait pas que des avantages pour les voyageurs : un taillis dense prospérait dans la lumière douce du sous-bois.

Les fourrés formaient un mur. L'enchevêtrement des branches et des racines s'opposait à toute avance. Tout d'abord, ils tentèrent de se tailler une piste à travers ce foisonnement. Ils durent y renoncer. En une heure d'efforts, ils avaient à peine progressé. Les bras griffés par les épines, couverts d'une sève épaisse, ils s'arrêtèrent, contemplant avec désespoir la petite excavation qu'ils avaient dégagée.

« Il faut trouver une trouée naturelle », dit Uriale, résumant la pensée inavouée des nomades.

Bien que persuadés du bien-fondé de ce conseil, ils ne l'acceptaient pas d'un cœur léger. D'une part, parce qu'ils n'avaient pas pour habitude de contourner les obstacles : même les courants de l'océan n'arrêtaient plus leur course, depuis que Jarvis leur avait enseigné l'art de les chevaucher. D'autre part, parce qu'une telle recherche pouvait les entraîner très loin.

« Nous trouverons peut-être une ligne de faille, ou un cours d'eau assez large », dit Jarvis sans conviction.

Ses compagnons ne s'y trompèrent pas, mais comme il n'y avait rien d'autre à faire, ils se mirent en marche, silencieux et graves.

Ce fut Tagner, l'un des Runéens, qui aperçut la trouée. Ils marchaient depuis deux heures environ, quand il s'arrêta brusquement, désignant du doigt un orifice rond, à peine suffisant pour qu'on y puisse passer la tête, et bordé de soie blanche.

« Je crois savoir de quoi il s'agit, dit Jarvis.

— Une sale bête?

— Un animal, en effet, se terre dans ce trou. Un animal que je n'aimerais pas rencontrer. Mais qui va peut-être, cependant, résoudre notre problème. Avez-vous entendu parler des worms? »

A ce nom, Tagner coula un regard inquiet vers l'orifice nacré.

« Effectivement, mais je pensais qu'il s'agissait d'une légende. Les hommes des îles sont superstitieux et leur esprit s'échauffe vite. »

Jarvis s'abstint de répliquer que, en matière de légendes, les nomades n'étaient pas démunis.

« On a beaucoup exagéré leurs exploits, c'est vrai, concéda-t-il. Mais ils existent bel et bien, et ils ont des mœurs fort intéressantes pour nous. »

En effet ces animaux timides et redoutables, originaires de Thalassa, avaient coutume de creuser dans les jungles et le sol des galeries de la largeur de leur corps qu'ils enduisaient de salive. Cette sécrétion formait en séchant la soie durcie qui tapissait les parois.

« Ce tunnel va nous permettre de franchir l'obstacle, dit Jarvis. A condition d'y pénétrer.

— Et de ne pas en rencontrer les propriétaires, ajouta Hagel.

— Ils tiennent de la chenille et du dragon, à ce que l'on raconte, dit Sverd.

— Ils sont impropres à la consommation mais ils engloutiraient un navire, ajouta Hagel.

— Celui qui en a vu un ne peut plus jamais dormir.

— Quelle blague! Il dort éternellement, veux-tu dire. »

Les Meeranes prirent un malin plaisir à rapporter les contes colportés d'île en île sur les worms. Ils en rajoutaient, comme si l'exagération devait rendre tellement improbable l'existence d'un tel monstre, qu'on ne redouterait plus de s'engager dans son domaine.

Jarvis passa la tête dans l'orifice, qu'il savait être un trou d'aération. La salive durcie ne laissait pas passer suffisamment d'air pour la respiration de ces massives créatures. Elles avaient besoin de fenêtres pour ne pas étouffer dans leur citadelle de soie.

Il régnait à l'intérieur de la galerie une âcre odeur de musc. Il n'y faisait pas sombre : les parois, translucides, laissaient passer plus de jour que les palmes de la forêt côtière. La galerie partait en ligne droite, pour former un coude brutal, une cinquantaine de mètres plus loin. Au-delà s'étendait un dédale de galeries, d'impasses et de boucles, dans lequel ils devraient se diriger sans plan. Pour creuser ces tunnels, les worms utilisaient les meules de leur bouche triangulaire, et rien — ni tronc ni roc — ne les arrêtait. Creuser une galerie répondait chez eux à la fois à un besoin alimentaire, et à une condition de survie : formidablement protégés à l'arrière-train, redoutables de face, ces animaux malhabiles devaient se garantir de toute attaque latérale, car leurs flancs étaient vulnérables. La paroi résistante qu'ils sécrétaient à mesure de leur avance palliait ce défaut de la nature.

« Rien à l'horizon, dit Jarvis. On peut y aller! Enfin, j'espère », ajouta-t-il en baissant la voix.

Elargir le trou ne fut pas chose aisée. Ils tentèrent de découper les bords, puis de les brûler. Rien n'y fit. Ils essayèrent de les écarter au moyen d'une lourde branche sur laquelle ils pesaient comme sur un levier. En vain. Le désespoir les saisit. Puis la colère. Hagel assena au gigantesque cocon des coups qui auraient ébranlé la coque d'un sloop, puis il cracha dessus pour bien exprimer son mépris. Alors, ce qu'on n'espérait plus se produisit. Sous la salive du nomade, la soie ramollit, fondit : l'inexpugnable repaire du worm était soluble à l'eau.

En sacrifiant le contenu d'une gourde, ils élargirent suffisamment l'orifice pour pouvoir s'y glisser. A présent, ils se trouvaient dans le domaine des worms.

C'était, disait-on, une espèce à faible densité de population. On ne pouvait que le souhaiter.

4

La galerie était assez vaste pour qu'on y tienne debout. Seuls Jarvis et Hagel, en raison de leur haute taille, devaient incliner le buste.

Monya marchait en tête en dressant le plan du labyrinthe. Trois ou quatre fois, ils durent rebrousser chemin, la galerie s'enfonçant sous terre ou formant une boucle qui les éloignait trop. Mais, en utilisant une boussole, ils parvinrent à ne pas trop dériver.

Maintenant qu'ils se trouvaient dans le domaine de l'animal, ils n'en parlaient plus. Pourtant, tous y pensaient, espérant que la chance qui les avait jusqu'alors préservés des mauvaises rencontres continuerait à les protéger.

Ce ne fut, hélas, pas le cas.

Ils marchaient depuis environ deux heures quand ils entendirent un bruit étrange. Tout d'abord, ils ne comprirent pas de quoi il s'agissait. Des craquements, des gémissements, des feulements résonnaient dans les galeries.

« C'est un worm qui creuse un passage », dit Jarvis.

Ils pouvaient imaginer les meules broyant

arbres et rocs. Puis le bruit cessa, remplacé par un autre plus doux : un froissement, un frottement. L'animal avait rejoint une galerie, et n'avait plus à se frayer une voie à travers la jungle.

Or ce son de soie frottée approchait. Les hommes s'arrêtèrent net. Si l'animal décidait de suivre le même couloir qu'eux, il ne tarderait pas à les rejoindre.

Jarvis se porta en avant. Son instinct de chasseur se réveillait. Autrefois il avait couru les mers à la recherche de ce qu'elles pouvaient fournir de mieux en matière de gibier : le korq, maître de l'océan. A l'approche du worm, il ressentait la même excitation. Pourtant il savait son fusil dérisoire.

Une blessure par balle n'arrêterait pas le monstre, à supposer même que le projectile pénétrât la carapace de chitine couvrant son dos et sa tête. Le ventre et les flancs du worm étaient seuls vulnérables. Mais comment les atteindre?

« Il vient par là! souffla Uriale.

— Et si nous creusions une niche dans la paroi? proposa Sverd.

— Nous n'aurons pas le temps. D'ailleurs, pour ne pas exposer imprudemment leur côté, ils explorent systématiquement les conduits latéraux, ou toute anfractuosité qui y ressemble. Ils ne font pas la différence, aveugles qu'ils sont. Maintenant partez! courez jusqu'au prochain embranchement. Vous aurez une chance sur deux de choisir la galerie qu'il n'empruntera pas!

— Et toi? que vas-tu faire? s'inquiéta Uriale.

— Je vais tenter d'augmenter cette chance! »

Elle allait protester, mais Sverd la tira en arrière. Quoi qu'eût décidé Jarvis, il le faisait en connaissance de cause.

Le bruit croissait. Jarvis se replia jusqu'à un accident de terrain qu'il avait remarqué un peu auparavant. Un petit cours d'eau avait creusé dans le sol un fossé où un homme pouvait s'allonger. Si l'animal était familier de ces galeries, il devait connaître cette déclivité, et donc ne pas s'en inquiéter.

Enfin le worm apparut, obstruant complètement la galerie. Sur le devant de la tête, les palpes olfactifs, gros comme un poing humain, dessinaient un étrange motif, seule décoration de cette tête sans yeux. Mais surtout, c'était la bouche qu'on remarquait. Trois lèvres disposées en un triangle inversé recouvraient partiellement les trois meules couvertes d'aspérités siliceuses avec lesquelles les worms broyaient tout ce qui se trouvait sur leur passage. L'animal semblait pressé. Sans doute se hâtait-il vers une galerie inachevée. Jarvis se tassa le plus possible dans le lit du ru.

L'animal lui rampa sur le corps. Une odeur musquée emplit les poumons de l'homme. La terre s'éboulait des parois effritées de son précaire abri. Le monstre avançait par saccades, ses pattes rudimentaires s'ancrant dans le sol tandis que tout le corps se contractait. Tout à coup, le monstre ralentit, s'arrêta. Peut-être se préparait-il à creuser un conduit latéral? Peut-

être avait-il senti une anomalie? Ou bien, tout
simplement, il se reposait. Soudain saisi de
panique, Jarvis poussa vers le haut la lame de
son coutelas, en maintenant le manche à deux
mains. Le fer pénétra la peau tendre de l'abdo-
men. Un long frémissement parcourut l'épi-
derme humide du worm. Incapable de reculer,
prisonnier du tunnel qu'il avait lui-même édi-
fié, l'animal se rua en avant, poussant une
étrange clameur. L'élan faillit arracher l'arme
des mains de Jarvis. Mais il tint bon; la lame
était large, aiguisée. La peau céda.

Un liquide épais s'écoulait de la plaie. Il
n'était pas rouge, comme le sang des animaux
terriens, car l'hémoglobine qu'il contenait était
plus diluée. Le worm compensait cette insuf-
fisance par une vascularisation importante. Il
ne possédait pas de poumons, mais un grand
nombre de stigmates disposés tout le long de
son corps. Or cette anatomie le rendait très
vulnérable, car toute perte importante de
lymphe le condamnait à mort. Seule sa carapace et ses galeries le protégeaient. Jarvis
connaissait les faiblesses du monstre. Le jour
où les hommes décideraient de peupler l'intérieur de l'île, une nouvelle espèce thalassienne
disparaîtrait. Ainsi allait la vie sur toutes les
planètes.

L'animal s'enfuyait en émettant ce curieux
son de détresse produit par le frottement des
meules les unes contre les autres.

Bientôt le bruit cessa, comme le glissement
des plaques osseuses sur les parois de salive
durcie : l'animal se mourait. Jarvis se lava

dans l'eau du ruisseau. Malgré cela, il ne parvenait pas à se débarrasser de l'odeur musquée.

Alors il partit dans la direction empruntée
par le monstre. Il lui fallait rejoindre ses
compagnons. Ceux-ci devaient l'attendre à la
première bifurcation, inquiets de son sort, et
il ne pouvait même pas les rassurer : seul un
coup de feu pouvait porter assez loin, mais il
ne fallait pas y songer. Car d'autres oreilles
pouvaient être à l'écoute de bruits insolites.

L'animal mort obstruait la galerie. Jarvis se
heurta aux pointes acérées qui ornaient sa
plaque abdominale. Incapable de se retourner
pour faire face au danger, le worm n'avait que
deux protections contre les attaques de
l'arrière. D'une part des pointes de chitine
aiguës, longues d'un mètre; d'autre part de
minces filaments traînant à leur suite et déga-
geant une odeur caractéristique; ceci afin de
dissuader ses propres congénères que les
ergots, tout résistants qu'ils fussent, n'auraient
pas arrêtés.

Jarvis trancha deux filaments. La trace
qu'ils laisseraient derrière eux préserverait à
l'avenir les hommes contre la venue d'un autre
monstre.

Il ne lui restait plus qu'à rejoindre ses
compagnons. Le ru lui fournit le solvant dont
il avait besoin pour creuser un passage dans le
toit de la galerie. Lianes, ronces et racines
aériennes s'entrelaçaient au-dessus. Jarvis
s'attaqua à ce filet qui cherchait à l'enserrer.
La sève lui mouillait les mains; ses avant-bras
écorchés le faisaient souffrir. Mais il progres-

sait à plat ventre, le plus vite qu'il pouvait. Il évitait de penser aux animaux qui peuplaient ce monde sans horizon. Des frôlements sur ses joues faisaient naître d'incoercibles frissons le long de sa colonne vertébrale. Son cœur battait à l'écoute de sifflements suspects. La sueur coulait sur son front, brûlait ses yeux. L'excitation du combat passée, Jarvis luttait contre une peur rétrospective qui menaçait de l'envahir.

Quand il estima avoir franchi le corps de l'animal, Jarvis répandit le contenu de sa gourde sur le toit de la galerie, élargissant la brèche au moyen de son coutelas. Il se glissa la tête la première dans la galerie, roulant sur son épaule en se recevant au sol. Ses pieds heurtèrent la tête de l'animal : il avait calculé son passage au plus juste.

Le monstre paraissait tout aussi terrifiant que de son vivant. Dans sa face aveugle béait la gueule triangulaire.

Jarvis se retourna et s'enfuit. Il ne ralentit qu'à l'approche du point de rendez-vous, pour ne pas provoquer la panique chez ses camarades.

« Le voilà! »

Uriale l'attendait au croisement. Elle se précipita dans ses bras, fronçant le nez en sentant le terrible relent de musc dont, malgré son bain, il n'avait pu se défaire.

« J'ai l'impression que cette odeur va me poursuivre pendant tout mon séjour sur cette île.

— Alors écourtons-le », dit Hagel.

Il n'entrait pas dans le caractère ou les coutumes des Meeranes de se répandre en compliments. Le silence déférent qui s'établit quand ils parvinrent devant la tête cuirassée du worm suffit à montrer leur respect.

Hagel eut quelque peine à glisser son large corps dans le passage frayé par Jarvis. Lorsqu'ils se retrouvèrent tous dans la galerie, après avoir dépassé le cadavre du worm, ils laissèrent enfin éclater leur joie. La galerie, pour dangereuse qu'elle fût, leur était un refuge. Jarvis avait su vaincre le worm. Il recommencerait en cas de besoin!

La galerie se terminait en cul-de-sac. Ce n'était pas la première fois, encore que cela restât relativement rare, du fait de la morphologie des worms. Reculer imposait à ces animaux des efforts pénibles. Il y avait pourtant une nouveauté : le jour filtrait à travers la paroi.

« Une prise d'air », commenta Jarvis.

Ils n'en avaient guère vu durant leur périple, sinon au début, quand ils avaient pénétré dans le labyrinthe. Les worms évitaient d'affaiblir le cœur de leur citadelle.

« Je crois que nous atteignons l'orée de la forêt », dit Uriale.

Un regard jeté par l'orifice confirma cette opinion. Les troncs s'espaçaient, les haies aussi, tandis que les broussailles se faisaient plus hautes, plus vertes. Le jour filtrait à travers. Il était tard. La lumière jaunissait. Cela leur prendrait une bonne heure pour se frayer un chemin jusqu'à la clairière. Ils arriveraient au crépuscule. Pourtant ils n'hésitèrent pas à se mettre en route. L'incertitude leur semblait préférable au malaise que leur inspirait le voisinage des worms.

Il était hors de question de dormir dans la galerie, malgré la protection que leur apportaient les deux filaments olfactifs. D'un commun accord, ils s'attaquèrent à la soyeuse paroi.

5

Le marais s'étendait devant eux; ni à droite ni à gauche, ils n'en apercevaient la fin. Les Meeranes, habitués à estimer les distances sur l'eau, évaluèrent à deux kilomètres la largeur de cette étendue boueuse. Deux dangers guettaient les voyageurs : la traversée d'une région plane les mettait à la merci de tous les regards; et, d'autre part, ils risquaient de s'enliser dans ce terrain mouvant.

Malgré tout, passer le marais en ligne droite représentait un appréciable raccourci. Mieux valait le franchir tout de suite, pour atténuer le premier risque. La nuit se ferait leur complice.

Sverd et Hagel déroulèrent les cordes qui pendaient à leur épaule. La nécessité de s'encorder leur était apparue simultanément.

Jarvis partit le premier. Derrière lui, Hagel. On comptait sur la force du colosse pour tirer rapidement l'éclaireur d'un mauvais pas.

Rien ne se produisit. Jarvis enfonçait jusqu'aux chevilles dans une matière visqueuse, grise, que baignait un écœurant liquide jaunâtre, luisant doucement sous la lumière de Nérée, le plus gros satellite de la planète. La surface cédait d'un coup sous ses pas, donnant à sa démarche une allure saccadée. Néanmoins, ils avançaient relativement vite.

Le Hélanite s'arrêta soudain. Sur son invitation Hagel le rejoignit.

« Avais-tu remarqué ces boursouflures de la surface? souffla Jarvis.

— Non. Mais peut-être l'éloignement...

— Nous n'avons pas fait tant de chemin. D'ailleurs, il y en a derrière nous. »

Leurs compagnons, respectant l'écartement, attendaient sans comprendre, inquiets. Davith tendit la main; il avait lui aussi remarqué les formations.

« Nous continuons, ou nous revenons sur nos pas? demanda Jarvis.

— Il faut traverser. Il ne reste pas tellement de chemin à faire.

— D'accord. Mais activons. »

Les protubérances se soulevaient partout à présent. Allaient-elles s'ouvrir sur autant de monstres trouvant refuge dans la vase du marais?

Non. Elles s'étiraient, prenant la forme de doigts géants. Jarvis marchait de plus en plus vite; pourtant l'écart diminuait entre chaque membre de la cordée. A présent, tout le marais bruissait. Des bulles éclataient à la surface du liquide, où clapotaient les vagues nées de l'érection des protubérances. On distinguait aussi des soupirs, des souffles, comme si le marais avait été un gigantesque animal.

A nouveau, Jarvis s'arrêta. Malgré la consigne, tous le rejoignirent.

« Il y a des hommes, là-bas, souffla le Hélanite. Droit devant nous. »

Ils cherchèrent, sans rien distinguer d'autre que les doigts, maintenant aussi grands qu'eux.

« Je ne vois rien, dit brusquement Sverd. Et de toute façon, je crois que je préfère un danger connu à cela. »

Il désignait les formations, dont la plus proche ne se trouvait qu'à trois ou quatre mètres.

« Je n'ai pas rêvé, insista Jarvis.

— Peut-être s'agit-il d'une protubérance, suggéra Uriale.

— Possible. Mais, dans ce cas, il faut leur reconnaître une certaine mobilité. Car mes « hommes » marchaient.

— Dans quelle direction? demanda Hagel.

— Droit sur nous.

— Raison de plus pour continuer! » décida Sverd.

Ils reprirent leur marche, en groupe moins lâche que précédemment.

Jarvis scrutait attentivement la direction où il avait vu bouger quelque chose. Ce n'était pas facile. Les protubérances étaient à présent plus serrées, et, stabilisées à hauteur d'homme, elles lui masquaient la vue. Hagel tira trois petits coups secs sur la corde pour demander à Jarvis de l'attendre. Le colosse parcourut l'espace qui les séparait en quelques rapides enjambées, ce qui provoqua un certain désordre parmi les suivants.

« Tu avais raison! dit Hagel en baissant instinctivement la voix. J'ai vu une silhouette humaine, à droite.

— Moi aussi, dit Sverd en les rejoignant. A cette différence qu'ils étaient deux, et à gauche.

— Ce n'est plus un marais, c'est une place publique! plaisanta Jarvis.

— En tout cas, dit Sverd cela prouve une chose : les protubérances n'attaquent pas l'homme. »

Malgré cet optimisme forcé, ils sentaient croître en eux l'inquiétude. Le marais était désert quand ils l'avaient abordé, et ils n'en avaient pas franchi la moitié. D'où sortaient donc ces inconnus? Et pourquoi les attendait-on au milieu de ce désert, quand il était si simple de s'embusquer sur l'autre rive? Existait-il un rapport entre ces hommes et les protubérances?

« Tant pis, il faut continuer. »

Mais alors qu'ils reprenaient la route, Uriale étrangla un cri. Jarvis, alerté, se retourna. Le décor s'était ébranlé en même temps que la petite troupe. La plupart des protubérances affectaient grossièrement la forme d'un corps humain. D'autres, plus avancées, reproduisaient la silhouette, et même les traits, des membres de l'expédition.

« Bon, décréta Sverd. Nous savons à quoi

nous en tenir sur les « hommes » qui venaient à notre rencontre. »

Mais il avait perdu son assurance. Ce mimétisme ne lui plaisait guère; il éprouvait un certain malaise à reconnaître sa propre silhouette parmi les ombres mouvantes du marais.

Ils marchèrent bientôt parmi une foule qui déambulait en tous sens. Le décor suivait le moindre de leurs mouvements. L'imitation se perfectionnant, les protubérances avaient émis des pseudopodes figurant la corde reliant les hommes entre eux. Ce détail ne facilitait évidemment pas leur progression. Néanmoins ils préféraient rester encordés, car dans ce dédale à leur image, ils auraient eu tôt fait de s'égarer.

Bientôt Jarvis dut utiliser son coutelas pour trancher les ligaments tendus en travers de sa route. Néanmoins, les formations, plus nombreuses, plus serrées de minute en minute, l'obligeaient à de fréquents changements de direction.

Au bout d'un temps qui lui parut fort long, il s'arrêta. Dès que ses compagnons l'eurent rejoint, les formations cessèrent leur mouvement.

« Je suis perdu, expliqua Jarvis. Pas moyen de circuler à vue et, avec cette brume qui se lève, je ne peux même pas demander mon chemin aux étoiles. Il va falloir utiliser la boussole. »

Une marche à la boussole sans point de repère n'est pas un exercice aisé quand on doit faire de nombreux détours. Mais c'est mieux que rien.

« Dans combien de temps serons-nous de l'autre côté, selon toi? demanda Jarvis à Monya.

— Nous n'avions pas tout à fait parcouru la moitié du chemin quand cela a commencé, expliqua-t-elle. Normalement, à la vitesse où nous avancions, il nous aurait fallu trente à quarante minutes pour achever la traversée.

— Mais nous progressions en ligne droite! précisa sombrement Jarvis. En outre, il se peut fort bien que nous soyons revenus sur nos pas depuis.

— Autrement dit, poursuivit Uriale, en mettant les choses au mieux, il nous faudra encore quelques heures. Je ne suis pas sûre que nous ayons le temps.

— Que veux-tu dire?

— J'ai observé ces formations tout en marchant. Il en apparaît toujours. Si cela continue, nous allons être complètement bloqués. Ou même étouffés. »

Un silence horrifié suivit cette déclaration.

« J'ai bien une idée, dit Jarvis, seulement...

— Quoi? s'impatienta Sverd.

— D'une part, elle présente certains inconvénients. D'autre part, il n'est pas sûr qu'elle se vérifie.

— Précise!

— Voilà. Je ne connais que les êtres vivants à posséder une telle faculté de mimétisme. Donc, on peut partir de l'hypothèse que le

« marais » est un gigantesque animal! Dès lors, on peut l'espérer sensible à la douleur.

— Se tailler un chemin à travers ces mannequins en leur faisant mal? C'est cela ton idée?

— Exactement. Pour être plus précis, en les brûlant. Et c'est là que se trouve l'inconvénient. Car s'il y a des observateurs au sommet, ils verront nos torches.

— De toute façon, les formations doivent se voir de loin. S'il y a des guetteurs, ils ont depuis longtemps compris que quelqu'un tentait de traverser le marais.

— Alors, allons-y! »

Sverd alluma la torche que lui tendait Jarvis. Puis tous se pressèrent derrière le Hélanite. Jarvis vérifia la direction grâce à la boussole, puis se dirigea résolument sur la première protubérance.

Celle-ci ne réagit pas immédiatement au contact de la flamme. Une atroce odeur de chair brûlée empuantit l'air. Soudain, ils sentirent le sol trembler sous leurs pas, et la protubérance, perdant sa forme humaine, recula dans un grand clapotis pressé.

« J'ai réussi! » s'écria Jarvis.

L'effet de la deuxième brûlure fut plus rapide. A mesure qu'ils avançaient, les formations s'éloignaient plus promptement de la flamme, au point qu'il ne fut bientôt plus besoin de les toucher. La simple approche de la torche provoquait la fuite des simulacres d'ennemis. La petite troupe progressait donc assez vite sur ce sol parcouru d'incessants frissons. Dans un horrible silence : le monstre souffrait, mais sans pouvoir émettre un seul cri, sans pouvoir exprimer sa haine ou sa peur.

Brusquement, le sol trembla. L'animal se secouait. Bousculés, les hommes s'affalèrent dans le cloaque. La torche, mouillée, s'éteignit. Deux, trois spasmes encore, et le marais retrouva son calme. Ils se relevèrent. Tout autour d'eux, le marécage aplani reflétait la lumière de Nérée.

« Il nous lâche, murmura Sverd. Profitons-en. »

Ils n'avaient plus que cinq cents mètres à parcourir avant d'atteindre la terre ferme. Ils les franchirent au pas de course.

Une herbe étique couvrait par plaques le rivage rocheux du marais. Toute maigre qu'elle fût, elle leur sembla hospitalière quand, ayant déposé leur sac, ils s'y étendirent.

Ils trouvèrent, à quelques mètres du marais, un petit vallon qui leur assurait une relative protection contre les regards indiscrets.

Pourtant, malgré la quiétude du lieu, ils se tenaient sur leurs gardes. Le marais aussi paraissait inoffensif lorsqu'ils s'y étaient engagés.

6

Ils avaient fini par s'endormir dans le petit vallon.

La pensée du marais ne les avait pas quittés. La première chose qu'ils évoquèrent au réveil fut, en effet, le cauchemar de la nuit.

« Quelle saleté! grommela Sverd. Je me demande à quoi correspond cette activité.

— A nous égarer, supposa Jarvis, mais pourquoi?

— Pour avoir le temps de nous digérer », murmura Uriale.

Elle était assise et frottait le cuir de ses chaussures. Celui-ci était devenu rêche, comme râpé par des limes minuscules.

« Une analyse montrerait probablement que le liquide où baigne cet être est un suc digestif, très dilué en raison de l'incessant apport d'eau venue des ruisseaux de la montagne. Comme cet... animal n'a pas d'organes préhensiles suffisamment résistants — les protubérances sont trop souples, trop molles pour cela —, sa seule chance de manger à sa faim est que ses victimes restent assez longtemps pour que l'acide agisse. »

Ce commentaire ne suscita aucune réponse. Les Meeranes se sentaient de moins en moins à l'aise sur la terre. L'océan présentait bien des dangers. Mais au moins y repérait-on sans ambiguïté les animaux, monstrueux ou non.

Cependant l'étape du jour présentait moins de difficultés. Certes, l'ascension commençait. Mais la végétation n'était plus aussi luxuriante.

Des coulées de lave depuis longtemps refroidie formaient les marches d'un escalier de titans. L'herbe maigre, jaune et sèche qui couvrait la roche nue luttait contre l'aridité d'un sol vitreux. La progression de la petite troupe était relativement aisée. Le jour était à peine entamé quand ils atteignirent le bord du plateau. Ils jetèrent un dernier regard sur le marais que couvrait la brume jaunâtre du matin.

Sur le plateau, la végétation se faisait plus riche.

« Les ennuis vont recommencer », dit Uriale en désignant la bande sombre qui s'étirait à perte de vue, de part et d'autre du chemin qu'ils devaient suivre.

En approchant, ils se rendirent compte qu'il s'agissait d'un épais massif de plantes ténues, vert tendre, hérissées d'aiguilles menaçantes. Malgré l'éloignement des tiges verticales, les épines effilées se rejoignaient par endroits; d'étroits couloirs couraient sur une dizaine de mètres, pour se terminer en cul-de-sac.

« Il va falloir se creuser un passage une fois de plus », dit Hagel.

Un étrange crépitement jaillit des profondeurs du massif.

« Pas question de passer à travers, dit Uriale.

— Pourquoi? Les aiguilles, et même les tiges, paraissent fragiles.

— Elles le sont. Mais, pour les briser il faut s'en approcher. »

Une autre série de détonations se fit entendre.

« Regardez », dit Uriale.

Elle lança une pierre dans le massif. A peine le projectile toucha-t-il l'extrémité d'une

aiguille qu'une série d'arcs électriques se forma
tout autour. Les étincelles explosaient avec un
bruit sec. Bien après que la pierre eut touché
le sol, des éclairs jaillissaient encore de l'extrémité des épines, les entourant d'une dangereuse aura bleuâtre.

Uriale répondit à la question muette de ses
compagnons :

« Contrairement aux végétaux terriens, et à
une partie de ceux qui sont originaires de Thalassa, ces plantes tirent leur énergie non de la
lumière, mais de l'électricité statique contenue
dans l'atmosphère. La tige sert en quelque
sorte d'accumulateur, tandis que les épines
constituent les récepteurs. Accessoirement
elles sont aussi d'excellents moyens de défense,
comme vous avez pu le constater vous-mêmes.

— Si ce massif fait le tour de la montagne,
nous sommes coincés, dit Jarvis.

— Nous trouverons une brèche, le rassura
Uriale. Ces plantes n'aiment pas l'eau. Or il y a
des ruisseaux sur ce plateau, sinon le marais
qui s'étend en bas serait depuis longtemps à
sec.

— Alors en route, dit Hagel. Il n'y a qu'à
suivre la bordure. »

Sans commentaire, Jarvis ajusta les bretelles
de son sac sur ses épaules. L'optimisme
d'Uriale ne lui paraissait pas aussi fondé
qu'elle le pensait. L'eau du marais pouvait pro-
venir de rivières souterraines, d'infiltrations
dans la masse vitreuse de la lave.

Mais il n'y avait pas autre chose à faire.
Alors la marche en file indienne reprit au bord

du massif crépitant. Leurs pieds s'enfonçaient à présent dans un humus glissant, dont l'origine échappait à toute explication.

Soudain, un cri : Jarvis. Uriale se précipita à l'endroit où, quelques instants plus tôt, il se trouvait encore. Il n'y avait plus qu'un trou creusé dans l'humus, dont les bords s'effondraient lentement avec un bruit mat.

« Jarvis! »

Pas de réponse. Penchée au-dessus de l'orifice, Uriale tentait d'en percer l'obscurité. Elle n'osait pas y envoyer une torche allumée, de peur de blesser son compagnon. Le rayon de sa lampe ne permettait pas de voir le fond, car une proéminence le cachait.

« Jarvis! »

Ils faisaient cercle autour du piège. Ne recevant toujours pas de réponse, Uriale se débarrassa prestement de son sac à dos.

« Que vas-tu faire? » demanda Sverd, bien que l'attitude de la jeune fille fût assez éloquente.

Ayant fixé à sa ceinture la lampe de poche, elle déroulait sa corde.

« Je vais voir ce qui lui est arrivé.

— Pas question! Pas toi. N'oublie pas que nous avons besoin de toi. »

Ce que Sverd ne dit pas, mais sa réponse le sous-entendait, c'est qu'il ne voulait pas perdre les deux membres de l'expédition ayant une connaissance de la terre. S'il ne tenait pas à ce qu'Uriale s'exposât, c'est qu'il admettait la possibilité d'avoir perdu Jarvis.

Uriale, elle, ne pouvait accepter cette idée.

Elle regarda Sverd avec froideur, et celui-ci comprit sa maladresse.

« Laisse quelqu'un d'autre y aller à ta place. Attends, je vais descendre.

— J'y vais! »

Le ton n'admettait pas de réplique. Sverd connaissait suffisamment la jeune Borglandaise pour comprendre que rien ne la ferait fléchir. Si elle avait appartenu au clan, elle aurait accepté l'ordre sans discuter. Mais une fille née sur une île...

« C'est bon », céda-t-il à regret.

Il prit l'extrémité de la corde et la noua autour de la poitrine d'Uriale. Puis il assura la corde par une boucle de rappel autour d'un rocher.

« Nous te descendons. Prête?

— Prête. »

L'inquiétude d'Uriale croissait à mesure que le temps passait : pourquoi Jarvis ne se manifestait-il pas?

Elle atteignit le surplomb. Dès qu'elle l'aurait passé, elle ne verrait plus la lumière du jour. Elle serait coupée de ses compagnons. Un moment, la panique faillit s'emparer d'elle : la peur du noir, remontée de son enfance. Puis elle pensa à Jarvis, s'accrocha à cette idée.

Prenant son élan des jambes et des bras, elle s'éloigna du surplomb. Sverd lâcha brusquement deux ou trois mètres de corde, et elle se retrouva pendue dans le noir comme une araignée triste.

Aussitôt, elle fouilla de la lampe le sol sous

elle. Trois mètres plus bas, Jarvis, étendu, disparaissait presque sous un épais tapis d'humus.

« Ça va? demanda Sverd dont la voix, répercutée par les parois, résonnait.

— Ça va! cria-t-elle. Encore quelques mètres, je le vois. »

La descente reprit, trop lente à son gré. Enfin, elle s'enfonça jusqu'aux genoux dans l'épais tapis de feuilles décomposées, d'où se dégageait une odeur aigre et humide.

Jarvis avait les yeux ouverts. Ce détail l'alarma, et elle sentit son cœur battre à rompre.

« C'est gentil de me rendre visite », dit Jarvis.

Il s'assit.

« Comment te sens-tu?

— J'ai été sonné en butant contre le surplomb, mais ce lit de feuilles a amorti la chute. »

Tout en parlant, il recensait son équipement. Le verre de sa lampe était brisé, mais l'ampoule fonctionnait encore.

« Te sens-tu prêt à remonter?

— Oui. Non, attends. »

Il explorait la cavité. Il régnait une terrible odeur de rance dans ce trou où pourrissait l'humus.

« Allons-nous-en vite, dit Uriale. Je n'aime pas cet endroit.»

La lampe de Jarvis fouillait à présent un boyau creusé au ras du sol, seule issue de la grotte avec la cheminée.

« Si on voyait plutôt de ce côté, dit Jarvis.

— Non! viens.

— Aurais-tu peur? »

En posant la question, il se rendit compte que lui-même se sentait oppressé à mesure qu'il reprenait pleine conscience de la situation. Mais, d'un autre côté, si la galerie qui s'ouvrait là se prolongeait suffisamment, ils pourraient peut-être passer sous les plantes électriques.

A sa question, Uriale en opposa une autre.

« Est-ce que tu ne trouves pas étrange ce lit de feuilles?

— Elles se seront accumulées au fond du trou au cours des ans.

— Elles ne sont pas tombées dans la cheminée. D'abord celle-ci était bouchée par les végétaux. D'autre part, elles constituent un tapis bien trop régulier pour ne pas suggérer qu'on les a étalées. Et surtout... Regarde ceci, dit-elle en prenant une large feuille, flasque et brune, couverte de moisissures blanchâtres : c'est une feuille d'arbre. Je ne me souviens pas en avoir vu à proximité.

— Peut-être le vent... » dit Jarvis sans conviction.

Uriale avait raison : cet amas était suspect. D'ailleurs à bien y réfléchir, la présence de l'humus en surface aussi, demeurait inexplicable. Il en était tellement convaincu qu'inconsciemment il avait baissé la voix.

« Admettons qu'il s'agisse d'une construction artificielle. De la couche d'un animal par exemple. Elle est vide, non? Et la cheminée n'a pas été utilisée depuis un bon moment. »

Quelques soubresauts de la corde rappelèrent à Uriale qu'on les attendait en haut.

« Un instant! cria-t-elle. Tout va bien. Nous avons trouvé un passage. »

Elle savait que Jarvis ne renoncerait pas à son idée. Elle savait aussi que, malgré son appréhension, elle le suivrait dans l'étroit boyau.

Jarvis aussi le savait. Elle lui en voulait un peu pour cela.

En levant haut les jambes pour avancer dans ce tapis qui les aspirait, ils se portèrent jusqu'au goulet.

« Cela continue là-dedans, commenta Jarvis en promenant le pinceau de sa lampe sur le brun matelas qui tapissait le fond du couloir. Dans un sens, c'est plutôt rassurant : cela veut dire qu'il n'y a pas d'eau. Il va falloir ramper. »

Il connaissait bien les grottes. Elles sont souvent la limite imprécise entre la mer et les falaises. Elles présentaient quelquefois des dangers, mais il avait l'habitude de les affronter.

L'humus glissant dérapait sous ses coudes et ses genoux. Sa lampe, qu'il devait tenir à la main, jetait une lueur tremblante, mouvante, devant lui, avec de longues secondes d'obscurité quand un mouvement l'amenait contre terre, dans ce tapis gluant qui collait à l'ampoule.

Heureusement le passage n'était pas long. Une vingtaine de mètres, tout au plus, et il se heurta à un muret de feuilles pourrissantes qui obstruait à moitié l'orifice.

Il n'eut aucun mal à l'abattre.

Au-delà, il trouva une salle hémisphérique, plus petite que celle qu'ils venaient de quitter, mais comme elle, tapissée de l'infâme boue gluante et âcre.

Au centre de la salle, posé sur ce lit en décomposition, gisait un œuf.

La grotte était un nid.

« Je ne sais pas quel animal a pondu cette monstruosité, mais je n'aimerais pas le rencontrer », souffla Jarvis.

Il régnait dans la salle une chaleur moite, oppressante.

« Voilà à quoi servait le lit de feuilles. En se décomposant, il échauffe l'atmosphère du nid », murmura Uriale.

Ils firent le tour de l'œuf. Il leur arrivait à hauteur du bassin. Jarvis frappa la coque rugueuse. D'abord elle rendit un son plein. Puis, ils entendirent un craquement. D'innombrables fissures se creusaient à la surface de l'œuf, en un réseau complexe qui bientôt l'enserra complètement. Et les éclats se détachèrent. Ce fut si soudain qu'ils eurent à peine le temps de comprendre ce qui se passait. Par réflexe, Jarvis tira son poignard, s'attendant à voir surgir quelque monstre digne de cette hideuse éclosion. Au lieu de cela, un épais nuage de poussière enveloppa l'œuf, leur brouillant la vue. En hâte, ils se masquèrent le visage pour ne pas respirer cette poussière. Quand elle retomba, ils eurent la surprise de voir l'œuf se dresser, intact, au centre de la grotte. Très vite, ils se rendirent compte d'un changement : le nouvel œuf était beaucoup plus petit.

Il gisait au centre d'un tas de poussière brune, constellée d'éclats. Une entêtante odeur d'épice couvrait à présent le remugle dégagé par le lit de feuilles.

« On s'en va, dit Jarvis.

— Attends, je vais recueillir un peu de cette poussière, dit Uriale. Ou je me trompe fort, ou cet œuf n'est pas d'origine animale. »

Elle tira de sa poche une petite boîte de métal qu'elle remplit de poussière. Elle y joignit quelques morceaux de la coquille brisée. Tout en opérant, elle expliqua :

« Cette poudre ressemble étrangement à des spores.

— Pourtant le lit de feuilles a été agencé par un animal, non?

— Peut-être. On a vu d'autres exemples de collaboration entre animaux et végétaux. C'est ce qu'on appelle commensalisme, n'est-ce pas?

— En tout cas, nous n'avons plus rien à faire ici! »

Le retour fut rapide. Les Meeranes, déçus d'apprendre que la galerie n'aboutissait nulle part, se montrèrent en revanche fort intéressés quand Jarvis fit la description de leur découverte.

« Il y a une légende qui court sur les vagues, à propos d'un tel œuf, dit Tagner. Quand il arrive à maturité, sa coquille, jusque-là dure comme la pierre, devient fragile et tendre, et cède sous la pression. Il faut dix ans à un tel œuf pour éclore. Et il ne contient que de la poussière.

— Oui, mais quelle poussière! » souffla quelqu'un.

Cette remarque, quoique chuchotée, n'avait pas échappé à Uriale.

« Vous savez quelque chose à ce propos? demanda-t-elle à la ronde.

— Comment connaîtrions-nous ce qu'une spécialiste ignore, répondit abruptement Sverd. Ne nous attardons pas. Nous avons profité de cet arrêt forcé pour manger. Si vous voulez faire de même, dépêchez-vous. »

Et la marche reprit, ralentie par les précautions prises pour éviter une nouvelle chute. Jarvis se demandait pourquoi les Meeranes avaient paru si troublés par la découverte de l'œuf. Mais ce n'était pas le moment d'éclaircir ce mystère.

7

Ils atteignirent enfin ce qu'ils cherchaient : une brèche parmi les plantes électriques.

« Nous allons patauger là-dedans? » demanda Sverd que cette perspective n'enthousiasmait guère.

La brèche, en effet, n'était autre qu'un ruisseau de boue rougeâtre, traversée de filets d'eau claire, froide, qui pour d'obscures raisons ne se mélangeait pas à la boue.

« Les plantes électriques n'aiment pas l'eau », expliqua Uriale.

Jarvis se taisait. La décision lui revenait et il hésitait. Peut-être ce passage était-il le seul avant longtemps. Pourtant la nécessité de s'enfoncer dans cette vase tiède ne lui inspirait pas confiance. Le ruisseau n'était pas très large. Par endroits, il s'étranglait. Cela laissait à penser qu'il n'était pas profond. Mais le tracé rectiligne de son lit pouvait signifier que le torrent de boue emplissait une faille. Et, dans ce cas, qui pouvait dire ce que cachait la surface opaque, mouvante et tiède. Le marécage et la brusque chute qu'il venait de faire l'incitaient à la prudence. Cependant, ils s'éloignaient de plus en plus de leur base de départ, sans pour autant progresser vers le sommet. Cela ne pouvait durer.

« Il va encore falloir s'encorder », dit-il enfin.

Sverd soupira. Cependant, personne ne souleva d'objection.

Jarvis pénétra prudemment dans la boue. Il s'y enfonça jusqu'à mi-cuisse. Précautionneusement, il avança la jambe gauche, puis la droite. La marche serait pénible dans ce milieu trop dense; mais, apparemment, le lit du ruisseau était stable.

De part et d'autre, les plantes électriques crépitaient. Aucun pied ne poussait à moins de trois mètres des berges. Cependant, de brusques décharges embrasaient les frondaisons à leur passage, comme si les plantes avaient conscience de leur présence.

Pendant trois pénibles heures, ils luttèrent en silence contre la boue qui alourdissait leurs membres.

Enfin, ils atteignirent le terme de leur épreuve. Sans raison apparente, le massif de plantes électriques s'arrêtait, rectiligne.

Le ruisseau lui-même s'éparpillait en centaines de rus. La pente se faisait plus forte. A l'unanimité, ils s'accordèrent un repos nécessaire.

Monya en profita pour mettre à jour ses relevés topographiques, et Hagel pour manger.

Jusqu'au soir, ils cheminèrent sur la pente de la montagne, couverte d'une herbe bleue qui pleurait sitôt qu'on l'effleurait. Sur les rochers veillaient des lézards flegmatiques. des fleurs vénéneuses guettaient un animal imprudent pour y enfoncer leur pistil. De charmants mammifères se nourrissaient du parfum de la terre. Ournos brillait, indifférent.

8

Le matin du troisième jour se levait, et ils étaient au pied du sommet. L'ultime étape de cette première phase. Ils y parvenaient avec une demi-journée d'avance sur l'horaire prévu. Cela n'avait rien de réjouissant. En effet, sans la commodité que présentaient les galeries des worms ils seraient encore bien loin. Ils avaient donc compté juste.

Trop juste.

L'escalade de la paroi ne présentait pas de difficulté majeure, même pour les néophytes qu'étaient les Meeranes. Dans les passages difficiles, Jarvis, entraîné à la varappe sur les falaises de Hélan, passait le premier et arrimait la corde à un éperon rocheux. Les Meeranes n'avaient plus qu'à se hisser le long du cordage. Un exercice dont ils avaient l'habitude.

Le sommet formait un plateau vaguement concave en son centre. Si l'île était d'origine volcanique, aucune éruption n'avait eu lieu depuis longtemps.

Les Meeranes s'éparpillèrent tout autour du petit plateau.

A leurs pieds, Farnsel, soumise, étalait les splendeurs de sa végétation colorée.

Les différentes espèces de plantes formaient des anneaux concentriques, avec une surprenante régularité. En silence, ils exploraient du regard le faîte de la forêt profonde, à la recherche d'une clairière ouverte par la hache des bûcherons. Pas une seule trouée dans le moutonnement des feuillages. Les regards se portèrent plus loin, vers la forêt côtière. Mais hormis l'enclave du comptoir marchand et un diaphane nuage de poussière, un peu à droite de la ville, rien ne venait rompre la monotonie de l'enchevêtrement des branches qui en constituait le toit.

Dix, vingt fois, ils scrutèrent les moindres déclivités, les plus petites échancrures. Rien qui ressemblât à une coupe.

« Inutile d'insister, soupira Hagel.

— Reposons-nous un instant, décida Sverd. Le temps que Monya fasse ses relevés. »

Il ne précisa pas ce qu'il comptait faire ensuite. À quoi bon? Ils n'avaient plus qu'à revenir sur leurs pas et attendre l'*Aven-Flo*. Machinalement, Jarvis compta les navires au mouillage dans le port. Ils lui semblèrent particulièrement nombreux. Un peu trop, peut-être.

Uriale, elle, contemplait la mer. Comme elle lui paraissait belle, vue d'ici. L'île était cernée, sur trois côtés, par le méandre d'un courant qui se détachait en vert émeraude. Plus près, un bouillonnement d'écume blanche trahissait la présence de la dangereuse couronne de récifs, et c'était comme si l'île avait été posée sur un écrin. Quelques passages entre les récifs se laissaient deviner, vert clair. Le plus large faisait face au comptoir. Nulle part on ne voyait trace de la flotte meerane.

« Relève les différences de végétation avec soin, conseilla Jarvis à Monya. Elles sont utiles pour indiquer l'altitude. »

La cartographe allait répliquer qu'elle connaissait assez bien son métier pour n'avoir pas besoin de tels conseils, quand Jarvis, après une pause, précisa : « En particulier par là. » Et son doigt indiquait le versant qui menait au comptoir.

Contrairement à celui qu'il venait d'escala-

LE PARADIS DES HOMMES PERDUS 65

der, il se caractérisait par une pente assez douce. Pas de marais, de ce côté. La forêt profonde s'étendait sur une plus grande largeur.

« Pourquoi cette région particulièrement? demanda la cartographe.

— Parce que c'est là que nous allons. »

Les hommes s'étaient levés, cherchant à voir ce qui motivait une telle décision. Certes, ce chemin permettait de contourner le marais. Mais pourquoi l'éviter, quand on savait comment déjouer ses pièges? Quant au reste, il valait mieux passer par un chemin connu. Que justifiait un tel détour?

« Nous cherchions une coupe, expliqua Jarvis. Donc nous regardions la forêt. Nous n'avons pas trouvé ce que nous attendions. Alors nous avons renoncé. Un peu vite : il y a d'autres indices. Regardez! »

Son doigt pointait vers la lisière de la forêt.

« Les oiseaux! s'écria soudain Uriale.

— Exact. *Là où il y a un homme, il y a deux folges*, dit le proverbe. Alors, là où il y a des folges, il y a des hommes. »

Les Meeranes se mirent à parler tous en même temps. A l'exception de Monya qui faisait le relevé de leur futur trajet.

Ils descendraient la pente abrupte menant au sommet pour atteindre le coteau jauni qui s'étendait jusqu'à la forêt. Il n'y avait pas d'obstacle analogue aux plantes électriques, mais de profondes fissures en creusaient la surface; ces failles leur imposeraient de pénibles détours. Mais le terrain était relativement aisé; ils s'étaient attendus à pire.

Le soir même, ils campaient au pied de la montagne, à l'orée de la prairie.

9

Ils traversaient une plaine étrange et macabre. Des plantes gigantesques tendaient leurs tentacules en étoile autour d'un cœur duveteux semé de fleurs jaunes et pourpres. Quelques tentacules, au lieu d'être étalés sur le sol, formaient une sorte de cage où blanchissaient divers ossements. Un silence lugubre régnait sur la plaine.

« On dirait qu'il y en a moins plus loin, remarqua Davith. Il serait peut-être bon de faire un détour.

— Pas la peine, répliqua Uriale. Il suffit de faire attention, c'est tout.

— Dans ce cas, nous te suivons », dit Jarvis. Mais il partageait la méfiance des Meeranes. Paradoxalement, c'était le calme, l'absence de tout mouvement qui les impressionnaient. Et les squelettes disloqués.

Uriale avait pris la tête. Ils la suivaient précautionneusement, prenant soin de poser leurs pas dans les siens. Soudain, un cri les figea. Monya, trébuchant sur une racine, venait de s'affaler sur le côté. Tout se déroula en un éclair. Les lianes, se redressant d'un coup, l'entraînèrent irrésistiblement vers le centre. Emmêlant leurs extrémités, elles formèrent une sorte de coupole où Monya, prisonnière, se débattait. Très rapidement, les racines aériennes formèrent un entrelacs parallèle au sol, de telle sorte que la jeune fille se trouva prisonnière d'une cage végétale.

Au mépris de toute prudence, Davith et Tagner se précipitèrent, coutelas à la main, et commencèrent à frapper les lianes, tandis que Monya tentait, de l'intérieur du piège, de trancher les racines. Uriale les rejoignit, le reste de la troupe sur les talons.

« Vous n'y arriverez pas ainsi, prévint-elle. Les fibres de ces lianes recouvrent une sorte de squelette siliceux, et vous émousserez vos lames sans résultat.

— Il n'y a donc rien à faire? s'écria Jarvis.

— Si. Couper le pédoncule. Il fonctionne un peu à la manière d'une pompe. Les lianes sont traversées par deux vaisseaux situés l'un au-dessus de l'autre. Dans la position de guet, le vaisseau supérieur est plein de sève, et celui du dessous est vide. Dès que les organes tactiles des extrémités décèlent un intrus, la sève passe du tuyau où elle était contenue dans l'autre, mais une partie reste dans le bulbe qui a servi de pompe. Ainsi, les lianes dont la position active serait de former un faisceau serré se disposent en une sorte de cage.

— Il s'agit donc de « saigner » la plante de sa sève? » demanda Jarvis. Et, devant l'acquiescement muet d'Uriale : « Le bulbe n'est-il pas protégé, lui aussi, par un squelette siliceux?

— Si, bien sûr. Mais les spicules, les petites

aiguilles qui le composent, sont toutes parallèles. Si on ne peut les entamer au niveau des lianes, où elles sont très rapprochées, on peut par contre les éviter au niveau du bulbe, qui, étant donné sa forme sphérique, leur impose un plus grand écartement.

— Alors, allons-y! »

Sur les indications d'Uriale, ils entreprirent de dégager le pied de la plante. La tâche se révéla difficile. Le bulbe était entouré d'une multitude de radicelles résistantes qui s'opposaient à leur effort. Ils n'étaient guère équipés pour ouvrir une tranchée. Quand, ayant passé à plat ventre sous la corolle des lianes, ils eurent atteint le bulbe, ils durent encore creuser verticalement pour atteindre un niveau où les rangées de spicules étaient assez écartées. La nervosité des hommes croissait; ainsi à découvert, ils se trouvaient à la merci de n'importe quel observateur. Ils jetaient de fréquents regards à leurs montres, et surveillaient d'un œil inquiet le sommet de la montagne.

Heureusement, le bulbe était composé d'une matière spongieuse, dans laquelle la lame pénétrait bien. L'eau s'en échappa d'un coup, la pression écartant les lèvres de la plaie que le fer avait ouverte.

Avant même que toute la sève se fût écoulée, la cage s'affaissa, son propre poids arrachant les racines aériennes distendues. Monya se précipita entre deux lianes dès qu'elles furent suffisamment écartées. La cage, effondrée, gisait lamentablement.

« Je suppose que si vous n'étiez pas intervenus, elle m'aurait digérée, dit Monya avec sang-froid.

— Non, ce ne sont pas des plantes carnivores, répondit Uriale.

— Mais, ces squelettes...

— Des animaux morts de vieillesse. On cite le cas d'oiseaux qui sont restés longtemps prisonniers en se nourrissant des baies qui croissent sur ces lianes. Comme les plantes en produisent en permanence, les animaux trouvent ainsi une protection efficace contre leurs ennemis.

— Et les lianes ne s'ouvrent jamais?

— Si. Quand l'animal contenu dans la cage est mort. Ces plantes vivent sur un sol pauvre. Elles produisent leur propre engrais. Les cadavres, comme les déchets azotés, fertilisent la terre. C'est bien connu. »

Tout en parlant, ils avaient repris la route. Ournos arrivait à son zénith. L'heure chaude. Il y eut un grand moment de silence. La fatigue commençait à se faire sentir, qui crispait les reins et pesait sur les épaules. Cependant, malgré la lassitude, les membres de l'expédition marchaient d'un bon pas : désormais, ils savaient où se diriger.

Le terrain changeait. La végétation devenait plus grasse.

C'était au tour de Tagner de marcher en tête. Ils cheminaient à présent à travers une savane d'herbes hautes. S'ils avaient abordé l'île en commençant par ce tapis qui dissimulait la plus grande partie de leurs jambes, sans doute auraient-ils été effrayés. Mais après ce qu'ils avaient connu, cette plaine leur paraissait douce et accueillante.

Tout à coup, alors qu'il atteignait le sommet d'une petite crête, Tagner se jeta à plat ventre. Sans chercher à deviner la raison de son geste, ses compagnons l'imitèrent. En rampant, ils gagnèrent le haut de la pente.

Trois hommes marchaient au fond d'une ravine — probablement le lit d'un ancien torrent. La présence d'êtres humains si loin du comptoir était en elle-même incongrue.

« On dirait qu'ils traînent un prisonnier, chuchota Sverd.

— Effectivement, mais d'où sort-il? répondit Jarvis.

— A coup sûr, du camp où ils gardent nos jeunes », gronda Hagel.

Ils parlaient bas, bien que les marchands ne puissent les entendre. Jarvis, ajustant ses jumelles, observa le prisonnier. L'homme, très maigre, n'offrait qu'une faible résistance à ses gardes.

A deux ou trois reprises, il fit mine de s'asseoir, puis renonça en recevant de violents coups de pied dans les côtes.

« Voilà un pauvre hère qui a bien besoin d'aide! » murmura pensivement Sverd.

Il n'entrait pas dans les habitudes des Meeranes de jouer les justiciers, aussi longtemps que l'un des leurs n'était pas en cause. L'homme avait simplement la chance de représenter une bonne source d'informations.

« J'y vais, décida Raum.

— Moi aussi », enchaîna Jarvis.

Sans se consulter, ils s'élancèrent dans la même direction, pour profiter du couvert de la crête le plus longtemps possible. Ils rejoignirent le lit asséché du torrent bien en aval du lieu où ils avaient aperçu les marchands pour la dernière fois, et le remontèrent aussi longtemps qu'ils jugèrent prudent de le faire. Ainsi, ils entraient dans le champ visuel de leurs compagnons.

Sverd et Hagel les avaient suivis, pour leur prêter main forte en cas de besoin. Mais ils restèrent sagement dissimulés plus bas, derrière de gros éboulis. Sur la crête, on ne voyait rien. Pourtant quatre fusils les couvraient. Les marchands n'avaient aucune chance d'échapper au traquenard. A moins, bien sûr, de quitter le lit asséché. Mais il fallait courir le risque, et, de toute façon, il était peu probable qu'ils se privent de ce chemin naturel.

D'ailleurs, depuis la berge où il s'était embusqué, Jarvis les vit bientôt arriver, sans méfiance.

Il se replia sur lui-même, ne quittant pas des yeux le petit groupe qui approchait. Toute son attention captivée par l'homme qu'il allait devoir surprendre, il ne voyait, n'entendait plus rien qu'en fonction de la lutte qui allait avoir lieu. Son cœur battait. Ses pupilles dilatées, ses narines serrées dénonçaient sa tension. En bon chasseur, il était prêt à bondir sitôt deviné, mais il saurait attendre l'instant le plus favorable s'il gardait l'initiative. De l'autre côté du chemin, tapi dans un buisson,

Raum restait invisible. Les marchands ne se doutaient de rien. Ils arrivaient à grands pas, l'arme à la bretelle.

Jarvis se recroquevilla encore, puis, d'une brusque détente, se jeta sur sa victime. Bien qu'ils ne se fussent concertés en aucune manière, Jarvis et Raum avaient jailli au même instant. Totalement surpris, les marchands chancelèrent sous le choc. Le prisonnier en profita pour s'enfuir.

L'adversaire de Jarvis était vigoureux. Roulant sur le côté, il se dégagea de l'étreinte du jeune homme. Cependant, il commit une erreur : plutôt que de se relever, il chercha à se saisir de son fusil, dont la bretelle avait glissé de son épaule. Avant qu'il puisse l'armer, Jarvis avait bondi, prenant appui sur un bloc de pierre. Des deux pieds, il pesa sur la poitrine du marchand. Celui-ci, hoquetant, grimaçant, lâcha son arme. Jarvis le saisit au col et promena son coutelas devant son visage.

Pendant ce temps, Raum s'était défait de son adversaire. D'ailleurs, les marchands se voyaient cernés. Le reste de la troupe dévalait la crête.

Hagel revenait, portant sous le bras le prisonnier gigotant, sans plus de mal que s'il se fût agi d'un enfant.

« Eh bien! plaisanta Sverd. En voilà un qui ne paraît pas pressé de retrouver sa liberté! »

Peut-être la réputation des Meeranes n'était-elle pas étrangère à sa frayeur. Mais Jarvis n'en fit pas la remarque, sachant le Roodéen très sensible à ce sujet.

L'homme, très maigre, les yeux brillants, regardait tour à tour tous les membres de l'expédition. Il ne sortit de son hébétude que lorsque les marchands, sous la garde de Davith et Tagner furent emmenés à quelque distance.

« Vous me laisserez y retourner, dites? »

Il y avait tant de désespoir dans sa voix, que Jarvis en fut presque effrayé.

« Où t'emmenaient-ils? demanda Sverd, négligeant de répondre à la question de l'inconnu.

— En bas! En bas dans leur ville infecte! Loin de la mine. »

La stupeur se lut sur tous les visages. La mine? Que signifiait cela.

« Une mine de quoi? insista Jarvis.

— De fer. »

Jarvis siffla entre ses dents. Une mine de fer dont on cachait l'existence, voilà qui était contraire à la loi. Lorsque les Terriens, pour des raisons pratiques, avaient décidé de se constituer en deux communautés, l'une peuplant le continent de Borgland et les îles voisines, l'autre se répandant sur le semis d'atolls constituant les Archipels, la Convention de Balmeen avait régi leurs relations futures. Ce qu'on avait surtout voulu éviter, c'était l'inégalité dans la répartition des matières premières si rares. Tout gisement devait être exploité sous surveillance de représentants des deux communautés. Si, donc, Farnsel recelait du minerai de fer, le gouvernement des Archi-

pels aurait dû en aviser le parlement de Borgland.

« Nous pouvions toujours chercher un
camp de bûcherons! » souffla Uriale.

Hagel avait d'autres préoccupations.

« Y a-t-il des Meeranes, là-haut? Dans la
mine, je veux dire. »

L'inconnu le dévisagea avec méfiance,
comme s'il venait seulement de s'apercevoir
qu'il avait affaire à des nomades.

« Il y en avait trois, lâcha-t-il enfin. Et puis
deux sont tombés malades. »

Hagel serra les poings :

« Et Ruder? demanda-t-il.

— Celui-là est vivant, déclara l'inconnu,
confirmant implicitement le sort des deux
malades.

— Deux morts, déjà! Pas la peine de se
demander comment ils sont traités!

— Pas si vite, coupa Sverd. Si notre homme
insiste pour retourner à la mine, c'est que les
conditions d'existence n'y sont pas aussi ter-
ribles qu'on peut l'imaginer.

— A moins qu'il ne fasse partie des gardiens », gronda Hagel.

Jarvis ne bronchait pas. Il connaissait les
épaves qui hantaient les bouges de Najade.
Ils crevaient de fièvre et de faim sur les
lisières des îles forestières. Et il comprenait
qu'on puisse trouver du charme à la mine,
s'il s'agissait d'échapper à ce sort peu enviable.
Cependant, il ne s'attendait pas à ce qui allait
suivre. Le mineur s'était lancé dans un plai-
doyer en faveur de la mine, qui la faisait appa-

raître comme un endroit idyllique. Il n'était question que de fruits savoureux et fleurs magnifiques, de festins et de liesse. L'extraction? Une formalité dont on s'acquittait volontiers. On avait tout sur place, tout ce qu'un homme pouvait désirer. Les mineurs habitaient des palais, et des femmes à l'enivrante chevelure servaient leurs moindres désirs.

L'inconnu s'échauffait à ce récit, déclamé d'une voix plus rapide et plus aiguë de seconde en seconde.

« Il y a des gardiens, autour? » coupa Sverd.

L'autre le regarda fixement, sans comprendre. Des gardiens? Quand aucun homme sensé ne pouvait espérer meilleur sort que finir ses jours en cet éden.

« Il délire complètement, dit Hagel. Parler de festin quand il est évident qu'il ne mange pas à sa faim!

— Peut-être, répondit Jarvis. Mais un délire qui s'accorde vraiment avec tout ce que nous connaissons de cette affaire. D'abord, il y a la lettre de Ruder. Ensuite le fait que les hommes qui l'emmenaient de force l'entraînaient non vers la mine, mais vers le comptoir.

— C'est peut-être un piège pour nous attirer jusqu'à la mine — tout en nous faisant croire qu'elle n'est pas gardée. »

Jarvis sourit. Les Meeranes aimaient les ruses. A tel point qu'ils finissaient par en soupçonner partout. Mais une telle supposition défiait la logique : pourquoi employer un procédé aussi compliqué, quand il suffisait de leur tendre une embuscade en un endroit propice — le marais, par exemple?

Cependant, Sverd poursuivait son interrogatoire.

« Pour quelle raison t'emmenaient-ils? »

Le mineur baissa la tête :

« J'ai un peu négligé mon travail, ces derniers temps. Pas fourni assez de minerai. Je me sentais un peu las, mais rien de grave. Juste une fatigue passagère. Je me serais remis, parole. Seulement ils ont voulu faire un exemple. »

Il s'affaissa sur le sol, éclatant en sanglots convulsifs. Puis, s'accrochant aux vêtements de Sverd, il cria d'une voix trop aiguë :

« Vous allez me laisser y retourner, dites! Vous n'allez pas m'empêcher d'y revenir? Je

— Tu connais le chemin?

— Bien sûr!

— Alors nous allons faire mieux que cela. Nous t'y accompagnons. »

Du regard, Sverd consulta le reste de la troupe. Nul ne fit d'objection.

« Auparavant, ajouta-t-il, nous allons manger. »

A sa grande surprise, le mineur ne manifesta aucune joie à l'idée d'un repas. Il répliqua, d'une voix autoritaire :

« Pas le temps! »

Et, tournant les talons, il remonta le lit de pierres sèches.

« Ma parole! Il a avalé sa fatigue », maugréa Hagel.

En quelques enjambées, il rattrapa le

mineur. Une bourrade ramena le fuyard à son point de départ.

« Nous allons manger! » répéta Sverd pour tout commentaire.

10

Les marchands ne firent aucune difficulté pour confirmer la version du mineur. Tout au plus invoquèrent-ils la difficulté d'approvisionnement pour justifier le retrait d'un travailleur de la mine. Ils répondirent évasivement aux questions concernant les conditions de vie des mineurs, se retranchant derrière le désir que ceux-ci manifestaient d'y rester.

Interrogés sur le sort des Meeranes, ils affichèrent une totale ignorance. Hagel eut beau se montrer très menaçant, il n'obtint aucun résultat. Visiblement, les marchands éprouvaient une frayeur sans nom. Mais ils ne savaient rien. Leur mission se bornait à s'emparer du mineur, et ils n'avaient jamais mis les pieds au camp auparavant.

« C'est bon, dit enfin Hagel. Nous n'en tirerons rien. Autant suivre notre impatient ami.

— Et ceux-là, qu'en faisons-nous?

— On ne peut pas les relâcher!

— Pas question de les emmener! »

Les marchands faisaient grise mine. Les récits les plus extravagants couraient dans les îles, sur le compte des Meeranes. En général, ils n'étaient pas à l'honneur des nomades. Et les marchands se sentaient disposés à les croire tous.

« Par pitié... bêla le premier.

— Tais-toi! intima Sverd. Quoi que nous fassions, ce ne sera pas par pitié. Nous sommes des êtres réalistes qui raisonnons froidement! »

Ce genre d'humour ne touchait manifestement pas les marchands.

« J'ai une idée », dit Jarvis.

Et il fit avec les doigts un geste si rapide que les marchands ne le virent pas, malgré l'attention qu'ils lui portaient. Les Meeranes, habitués au langage des mains, acquiescèrent.

« Très bien, dit Jarvis. Nous n'irons qu'à trois, ce sera suffisant. »

Aussitôt, Raum, Tagner et lui-même, s'étant débarrassés de leur sac, mirent les marchands en joue.

« Pas de gestes malheureux! précisa Sverd. Et prenez cela! »

A la volée il lança une gourde et deux rations aux prisonniers. Ceux-ci parurent soulagés. Si on pensait à les nourrir, c'est qu'on ne les exécuterait pas. Enfin, pas tout de suite.

La petite troupe se mit en marche. En moins d'une heure, ils atteignirent la plaine aux lianes. Indécis, les marchands hésitèrent.

« Avancez! intima Jarvis. Et faites attention où vous mettez les pieds. »

Les marchands franchirent encore une centaine de mètres, avant de recevoir l'ordre de s'arrêter.

« Vous voyez le cœur de cette plante? C'est là que vous allez.

— Mais, protesta un marchand, ces plantes...

— Nous savons. Elles vous garderont pendant que nous nous promenons. Au retour, nous vous délivrerons.

— Mais... si vous ne revenez pas.

— Notre intention est de revenir par ce chemin. Si vos compères nous laissent en paix, bien entendu.

— Il est agréable de penser qu'on nous attend impatiemment quand on est loin, plaisanta Tagner.

— En tout cas, ménagez vos provisions », conseilla Jarvis en levant le canon de son arme.

Les marchands, effrayés, se précipitèrent au-devant du piège, qui se referma sur eux avec un empressement gourmand.

11

Quand ils rejoignirent leurs compagnons, ceux-ci, repus, les attendaient allongés dans l'herbe. Il ne s'agissait pas seulement de prendre quelque repos mais surtout de se dissimuler.

Le mineur, couché en chien de fusil, les yeux grands ouverts, paraissait plongé dans une insondable léthargie. Cette attitude contrastait douloureusement avec l'excitation qu'ils lui avaient connue.

« A-t-il mangé? demanda Jarvis en ingurgitant sa part de poisson séché.

— On lui en a donné, dit Uriale. Mais il a tout de suite été pris de nausée.

— Vous y êtes? » demanda Hagel tout en passant les bras dans les bretelles de son sac à dos.

Il portait deux fusils à présent, ainsi que Sverd. Pas question d'abandonner les armes des marchands, même si cela les alourdissait.

Voyant les préparatifs du départ, le mineur, mû par un désir frénétique, sortit de sa torpeur. Sans un mot il s'élança; les Meeranes, surpris, durent s'équiper en toute hâte pour se précipiter à sa suite.

L'homme ne supporta pas longtemps l'allure. Bientôt il eut besoin d'un soutien. Pourtant, lorsqu'il desserrait les dents, ce n'était que pour exhorter ses libérateurs à plus de rapidité.

Quittant le lit du torrent, ils longèrent un moment une arête de basalte qui tranchait la monotonie de la plaine herbeuse avant de s'enfoncer dans la forêt. Sur leur droite, le versant tombait à pic. Un épais brouillard en cachait le pied.

« Sais-tu où nous sommes? demanda Sverd à Monya.

— Oui. Cette crête est en fait le bord de la falaise qui prolonge la montagne et pénètre dans le marais.

— La mine est-elle encore loin? »

La question s'adressait au mineur qui, à présent, trébuchait à chaque pas.

« Non! nous y serons avant le matin. Avant le matin!

— Pas question de s'enfoncer dans la forêt! Il n'y a guère qu'une heure de jour. Nous dormirons dans les hautes herbes. Pour une fois que la végétation est accueillante, il faut en profiter!

— Avant le matin! Avant le matin! Continuer... » geignait le mineur.

Sverd haussa les épaules et fit signe à Davith, qui soutenait l'homme épuisé, pour qu'il le lâche. Comme on pouvait s'y attendre, le mineur s'effondra. Sanglotant, il griffait la terre, répétant d'une voix à peine intelligible les mêmes paroles.

Uriale détourna le regard. Elle éprouvait pour ce spectacle un mélange de pitié et de dégoût, un malaise proche de la peur. Jarvis, lui, serrait les poings. Sur les muscles contractés de ses bras, la cicatrice blanchissait. L'attitude du mineur éveillait en lui la colère. Qu'on puisse réduire un homme à cet état de faiblesse et d'abjection le révoltait. Il regrettait à présent que les lianes-cages ne soient pas carnivores. En même temps, il avait envie d'écraser dans la poussière la tête de cet homme qui semblait à ce point chérir son esclavage.

Les Meeranes, quant à eux, n'y prêtaient guère attention. Le mineur n'appartenait pas à leur peuple. Aussi n'avaient-ils pas la prétention de comprendre son comportement.

Encore moins de porter un jugement sur son attitude. Pas davantage ils n'éprouvaient de la rancœur à l'égard des marchands. Le temps des ressentiments viendrait plus tard. Quand ils connaîtraient le sort réservé aux leurs.

CHAPITRE III

LE SECRET DE LA MONTAGNE

1

L'AUBE pointait à peine lorsque Jarvis, secoué par une poigne vigoureuse, s'éveilla. Par réflexe, il se précipita sur son arme. Ce réveil était plus silencieux que ceux auxquels il était habitué. Peut-être Tagner, placé en sentinelle, avait-il perçu quelque danger.

« Que se passe-t-il? chuchota-t-il.

— Le mineur s'est sauvé! » dit Hagel.

Etait-ce un péril? Nul n'aurait pu le dire, mais tous adoptèrent la même attitude prudente. Ils se déplaçaient à quatre pattes, évitant de lever la tête par-dessus les herbes. Celles-ci présentaient une intéressante particularité. Ils découvraient un peu tard que, quel que soit le mouvement qu'on imprimait à leur base, la tige le compensait, si bien que le sommet ne bougeait pas. Le mineur devait connaître cette particularité. Il en avait profité pour leur fausser compagnie, malgré la surveillance de Tagner.

« Que faisons-nous? » demanda Hagel.

Question purement formelle. Ils n'avaient d'autre possibilité que de s'élancer le plus vite possible sur la piste du fugitif. Si celui-ci les trahissait, il valait mieux réduire son avance, et, de toute façon, quitter cet endroit.

Ils atteignirent bientôt la forêt. Moins dense que la forêt profonde du versant où ils avaient débarqué, elle opposait malgré tout de nombreux obstacles à la progression. Des lianes poisseuses entre de hautes palmes au redoutable tranchant tendaient aux animaux le piège de leur sève empoisonnée. De crissants insectes parcouraient des pistes d'odeurs inconnues. Des fruits écarlates éclataient en projetant leurs graines acérées qui allaient se ficher dans le tronc d'arbres pulpeux qu'elles venaient ainsi parasiter. Le pollen de fougères bleues poudroyait au moindre attouchement. Les voyageurs suaient sous le masque qui protégeait leur nez de cette irritante atmosphère.

Puis le sous-bois se fit moins dense.

« Enfin! » soupira Uriale en retirant son masque.

La trace du mineur devint plus dificile à suivre.

Néanmoins, comme il s'était peu écarté du chemin le plus direct, ils ne tardèrent pas à repérer les feuilles froissées, les brindilles brisées par le passage du fuyard. Ils le retrouvèrent au milieu d'une petite clairière tapissée de plantes jaunâtres. Les corolles plates couvraient presque entièrement son corps.

Hagel se pencha sur lui.

« Il est mort », dit-il simplement en se relevant.

Instinctivement, ils regardèrent autour d'eux, méfiants. On n'entendait rien, que l'éclatement soudain des graines et un grondement sourd, lointain. Et le bruissement des ramures secouées par la brise. Et quelques craquements d'origine inconnue. Et des froissements indistincts, des gémissements confus. Des chants d'insectes et des cris d'oiseaux. Des fuites et des frôlements. Finalement, le silence de la forêt était fait d'une multitude de bruits. Leur prêter attention suffisait à les rendre inquiétants, comme ces soupirs qu'on entend la nuit, dans les maisons charpentées de souvenirs.

« De quoi est-il mort? » demanda Sverd, plutôt pour entendre le son rassurant de sa propre voix : pouvait-on savoir de quoi on mourait, dans une forêt de Farnsel?

Hagel haussa les épaules :

« Il ne porte aucune trace. Pas de morsure. Ni d'enflure.

— Inutile de chercher si loin, dit Jarvis.

Il est mort de dénutrition, probablement. Et d'épuisement. Sa fin devrait au moins nous rassurer sur un point : il n'a pas eu le temps de nous trahir.

— Cela ne prouve rien, s'écria Hagel. Ses complices ont pu l'abandonner, une fois le travail fait!

— Exact! Mais nous le saurions déjà.

— Bon! Inutile d'épiloguer! trancha Sverd. Une chose est sûre : nous n'avons plus de guide. Monya! »

La jeune fille s'attendait à la question :

« L'emplacement supposé de la mine se trouverait un peu au nord-est. »

Sverd allait se mettre en route quand Jarvis intervint :

« Depuis que nous avons pénétré dans la forêt, nous suivons toujours la même direction. Malgré les lianes et la difficulté qu'il y a à se déplacer en ligne droite sur un tel terrain, le mineur a bien pris soin de ne pas dévier. Je crois que nous aurions intérêt à continuer, car il savait où il allait.

— Mais il nous faudra infléchir notre route, commença Monya.

— Nous ne pouvons que suivre une direction approximative; nous ne sommes pas sur la mer, ici. Pas moyen de faire le point. Dans ces conditions, nous risquons de passer à côté de la mine sans la voir. Je crois préférable de continuer tout droit; à mon avis, le mineur cherchait un point de repère qui lui indiquât précisément où aller.

— Saurons-nous le voir?

— Je l'espère. Ou je me trompe fortement, ou ce type n'avait pas l'habitude de s'éloigner de la mine. Ce n'était pas un familier de la forêt. Le point de repère doit être très caractéristique. Peut-être une rivière, ou un gros rocher, que sais-je? »

Sverd parut réfléchir.

« Tu as peut-être raison. Après tout, il sera toujours temps de naviguer à l'estime quand Monya jugera que nous allons trop loin.

— Alors, en route! » dit Jarvis.

Il avait confiance en son idée. Le minerai devait être acheminé vers l'unique port de Farnsel, et cela supposait l'existence d'un chemin. A eux de le découvrir.

2

Le roulement sourd qu'ils avaient tout d'abord pris pour la rumeur d'un torrent résonnait à présent d'intrigantes tonalités métalliques. Travaillait-on dans la forêt? Si tel était le cas, il devait s'agir d'une activité ordinaire, car elle n'effrayait plus les oiseaux qui, pourtant, se taisaient prudemment à l'approche de la petite troupe.

Plus ils progressaient, plus le grondement s'enflait. Ce bruit rappelait à Jarvis la cataracte qui, dans la région des criques de son île natale, se jetait du haut de la falaise pour s'abîmer dans l'océan. De fait, le bruit qu'ils entendaient actuellement rappelait celui d'une cascade cassée sur des rocs escarpés.

Comme chaque fois qu'ils approchaient de l'inconnu, ils portaient leurs armes à la hanche, prêts à faire feu.

Le grondement s'amplifiait. Bientôt apparut entre les troncs une forme sombre, serpent géant que le feuillage dissimulait en partie. Les doigts se crispèrent sur les crosses. Ils approchèrent.

Comment ne pas y avoir songé plus tôt? Il fallait évacuer vers un port le minerai extrait de la mine. En l'absence de route ou de voie d'eau praticable, de quel moyen user, sinon d'un tapis roulant. Le procédé était d'autant plus économique, qu'il utilisait la pente naturelle de la montagne. Ainsi le poids de la roche chargée sur le tablier ajoutait son effet à celui d'un lointain moteur pour entraîner le minerai en une course infernale jusqu'à la falaise, d'où il se déversait dans la plaine.

« Voilà ce que le mineur cherchait à atteindre, s'écria Jarvis. Il n'y a plus qu'à remonter le tapis roulant pour arriver directement dans le camp.

— Eh! regardez cela! » dit Uriale, en montrant le tronc jaune d'un arbre aux écailles serrées.

De profondes entailles l'ornaient d'un dessin géométrique simple, mais dont la régularité dénonçait l'origine humaine. On ne le voyait que si on se trouvait contre le tapis roulant.

« Un avertissement! dit Jarvis. Au-delà, il est dangereux de rester sur le tapis.

— Veux-tu dire que des hommes sont assez fous pour emprunter ce chemin? grommela Sverd.

— Cela doit permettre de gagner beaucoup de temps. Que ferais-tu si tu devais descendre au comptoir?

— Je n'aime pas barrer un navire sans gouvernail, ni tendre une voile sans pouvoir l'arriser.

— Pourtant, tu n'hésites pas à t'élancer dans un courant pour gagner du temps. Sans doute les gens qui chevauchent cet engin te taxeraient-ils de folie. »

Sverd se renfrogna; il pensait cette comparaison sans fondement, car rien n'autorisait les insulaires à porter un jugement sur l'art d'un Meerane. Mais c'était Jarvis, un homme de la terre, qui lui avait appris à franchir les courants. Aussi s'en tint-il à un silence prudent. D'ailleurs, ils avaient à remonter la pente, non à la descendre. Pas question, donc, d'utiliser ce dangereux véhicule.

Les cimes des arbres, de plus en plus hautes, formaient la voûte majestueuse d'un temple translucide.

Un flot ininterrompu de minerai parcourait le tapis. Ils manquaient d'expérience pour évaluer la quantité de métal qu'on en tirerait. Certains clans meeranes obtenaient du fer à partir des nodules ramassés au fond de l'océan, mais les teneurs étaient trop différentes pour qu'ils puissent établir une comparaison.

Néanmoins, le bénéfice qu'apportait ce gisement aux marchands de Najade leur parut important.

À mesure qu'ils avançaient, les arbres s'espaçaient. Le feuillage, abondant, laissait passer la lumière, bien qu'il cachât entièrement le ciel. En cet endroit, la forêt était composée d'essences thalassiennes, assez semblables aux arbres qu'ils avaient rencontrés dans la forêt profonde. Les feuilles, riches en silice, avaient la grâce transparente du verre filé. Vue de la montagne, cette enclave n'interrompait pas le moutonnement serré de la jungle. Pourtant, sous ces frondaisons géantes, s'étendaient des pâturages où s'ébattaient de petits herbivores hexapodes au pelage pastel, nullement effarouchés par la présence de l'assourdissante machine des hommes. Par contre, ils s'enfuyaient avec une étonnante célérité à l'approche des *raiders*.

« Ils ont l'habitude d'être chassés », constata Jarvis.

Il y voyait la preuve de la proximité de la mine.

Il n'avait pas tort : ayant franchi un des fourrés denses qui délimitaient les pâturages, ils se retrouvèrent au bord d'une cuvette particulièrement vaste. En plusieurs endroits, les taillis avaient été déracinés. A l'origine, cette clairière était composée de plusieurs pâturages semblables à ceux qu'ils avaient traversés. En plusieurs endroits, on devinait le travail des défricheurs : les taillis arrachés ne séparaient plus les unités naturelles de ce milieu, qui tenait à la fois de la prairie et de la forêt.

Sous les rayons irisés qui tombaient du feuillage, la clairière resplendissait dans une débauche de couleurs. Des fleurs buissonnaient, nombreuses, multiformes. Les herbes hautes oscillaient doucement dans un déploiement d'ors et de reflets.

« Quelle splendeur! » murmura Uriale.

Perdues dans tant de beauté, se dressaient quelques cahutes misérables, chancelantes et sales. Les toits effondrés n'étaient pas tous réparés. Pourtant les cabanes étaient habitées, à en juger par les haillons qui pendaient devant la porte. Le contraste entre cette décrépitude et l'exubérance de la nature avait quelque chose de poignant.

Comme une blessure, le tapis roulant, soutenu par un échafaudage de bois, éventrait la clairière, passait au-dessus des cahutes, et allait se perdre sur l'autre versant de la cuvette.

« Voici les palais annoncés! dit Jarvis.

— C'est bien ce que je pensais, ce type était complètement fou, grogna Hagel. Allons-y!

— Pas question! décréta Sverd. Nous ne savons pas combien ils sont là-dedans. Ni qui ils sont. Si les choses se compliquent, autant ne pas se laisser surprendre par la nuit. Ils connaissent le terrain, pas nous. »

Tout en parlant, il étudiait le village. Pas de clôture, pas de sentinelles. Apparemment le camp n'était pas surveillé. Pourquoi les mineurs ne cherchaient-ils pas à fuir? La forêt? Elle n'était pas si terrible à traverser. Alors? Décidément, il avait du mal à comprendre la psychologie des insulaires. Et encore plus la décision de Ruder.

« Si nous n'attaquons pas, il vaut mieux se replier; conseilla Jarvis. Nous sommes bien près de l'orée.

— D'accord. Raum et Tagner resteront en observation. La nuit sera claire. S'il existe une surveillance quelconque, ils la décèleront. »

3

Ils trouvèrent refuge pour dormir sous le tapis roulant. Celui-ci ne fonctionnait pas la nuit. Ils s'éveillèrent avant qu'il se remette en branle.

En approchant de l'endroit où Raum et Tagner veillaient, Jarvis ressentit un malaise. Les sentinelles s'étaient déplacées : on ne les apercevait plus. Ou bien elles s'étaient dissimulées. Dans un cas comme dans l'autre, cela signifiait qu'il y avait eu de l'imprévu.

Soudain, un grognement attira son attention. En rampant, son coutelas à la main, il approcha de l'endroit d'où venait ce bruit suspect. Il tomba en plein sur Tagner, affalé dans les herbes. C'était lui qui faisait ce bruit, et de la manière la plus simple : il ronflait. A quelques pas de là, dans la même position, Raum dormait également. Le premier mouvement de

Jarvis fut de céder à la colère. Mais il se contint. Peut-être y avait-il un piège.

A reculons, prenant soin de ne pas agiter le sommet des arbustes, il regagna son point de départ et, de là, rejoignit Sverd et ses compagnons pour les mettre au courant de la situation.

« Un Meerane ne s'endort jamais pendant une garde! décréta Hagel. Ils sont morts.

— Ils respirent un peu trop bruyamment pour cela, répliqua Jarvis d'un ton sec.

— Allons voir », coupa Sverd.

Avec précaution, ils rejoignirent les sentinelles endormies. Sverd secoua Tagner.

Celui-ci ouvrit un œil, prononça l'air béat quelques paroles inintelligibles, et se recoucha sur le côté.

« Ma parole, dit Hagel, il est complètement ivre. »

Sa voix traduisait la stupeur.

« Plus la peine de se cacher! dit Jarvis. Ils n'avaient pas d'alcool sur eux, il a fallu qu'on leur en apporte. Par conséquent, notre présence est connue. »

Les Meeranes ne soufflaient mot, affligés d'avoir à subir devant Jarvis et Uriale la honte de voir deux des leurs faillir ainsi.

Uriale se taisait. Moins prompte à s'énerver que son compagnon, elle cherchait à comprendre l'inexplicable conduite des sentinelles. Les Meeranes avaient le droit de s'étonner. Jamais un homme de quart ne se laissait aller à une telle négligence sur un navire. Peut-être cette randonnée sur un terrain qu'ils ne connaissaient pas avait-elle éprouvé leurs nerfs au-delà de leur résistance? C'était improbable. Les Meeranes étaient durs à la tâche. Les autres admettaient trop facilement l'idée que les sentinelles aient pu se laisser enivrer sans donner l'alarme. Cette hypothèse ne la satisfaisait pas.

Cependant l'heure n'était pas à la réflexion. Ils avaient attendu pour mettre toutes les chances de leur côté. A présent, ils devaient agir.

« Je propose que nous nous séparions en deux groupes, dit Jarvis. Hagel, Sverd et moi allons nous rendre au camp. Que les autres se déploient de façon à nous couvrir. »

Hagel hocha la tête en signe d'approbation.

« Ne vous montrez pas et n'intervenez qu'en cas d'absolue nécessité, précisa-t-il. N'oubliez pas que vous n'êtes plus que trois, puisque nous ne pouvons plus compter sur ceux-là. »

D'un geste méprisant du menton, il désignait l'endroit où dormaient les sentinelles.

Jarvis partit le premier, tandis que l'équipe de réserve s'égaillait dans les fourrés. Sverd suivit; Hagel fermait la marche.

Ils atteignirent rapidement le camp. Personne ne cherchait à les intercepter. De l'endroit où ils se trouvaient, ils apercevaient nettement l'entrée de la mine. La cuvette était asymétrique. Le flanc opposé à celui qu'ils venaient de quitter constituait les premiers contreforts d'un éperon rocheux qui se prolongeait jusqu'au sommet de l'île. Aux deux tiers de la pente, plus haute et plus escarpée, béait un orifice étayé de madriers non équarris. Il ouvrait sur une plate-forme encombrée de wagonnets. Là commençait le tapis roulant, encore immobile. La faible inclinaison qu'il affectait au départ impliquait la nécessité d'un moteur, car le seul poids du minerai n'aurait pas suffi à l'ébranler. Mais, apparemment, il ne se trouvait pas dans le camp.

On accédait à la mine par un chemin étroit de planches et de terre battue. Par endroits, Jarvis crut deviner l'éclat terni de pics à moitié rouillés, abandonnés. Toute l'installation respirait la précarité, la médiocrité. Rien à voir avec les moyens ordinairement mis en œuvre pour l'extraction du précieux minerai.

« Une mine clandestine, souffla Hagel. Je n'arrive pas à y croire. »

Tout contribuait à les dérouter : la voûte somptueuse des arbres qu'Ournos embrasait, les buissons croulant de fleurs qui encombraient les ruelles du village, cette cité muette, qu'on aurait dite figée dans l'éternité de l'instant. Nerveusement, les trois hommes surveillaient les alentours. N'osant s'aventurer dans une cabane, ils restaient là, à attendre que se manifestent leurs habitants.

Enfin, ils entendirent du bruit. Leurs doigts inquiets jouaient sur la crosse polie de leurs armes.

Peu à peu le camp sortait de sa léthargie. Bientôt, les mineurs se trouvèrent hors des cahutes. Ils passaient devant les Meeranes en leur jetant un regard anxieux, mais ne cherchaient pas à prendre contact avec eux. Au contraire, les apercevant, ils se hâtaient davantage, comme pressés de s'enfoncer dans les profondeurs obscures des galeries.

« Allons bon, ils nous prennent pour des gardes-chiourme! s'écria Jarvis. Hé! Attendez! Nous ne venons pas de la part des marchands. »

Ses paroles n'eurent aucun effet. Les mineurs se précipitaient toujours vers la gueule d'ombre qui les avalait avidement. Aucune expression ne marquait leur visage maigre, n'éclairait leurs yeux hagards. Leurs vêtements déchirés découvraient des membres étiques. On imaginait mal ces corps décharnés peinant dans les boyaux de la mine.

Brusquement, Hagel se raidit. Dans l'une de ces silhouettes pitoyables, il venait d'identifier son neveu.

« Comme il a maigri! » souffla-t-il, moins à l'intention de ses compagnons que pour lui-même.

Subitement intimidé, il n'osa tout d'abord pas se porter au-devant de cet être amoindri, en qui il hésitait à reconnaître son ancien compagnon de route, celui que les Runéens considéraient comme son successeur. Enfin, il se décida. En quelques enjambées, il rejoignit Ruder. Celui-ci ne répondit pas au sourire engageant de son oncle.

« Que viens-tu faire ici? » s'écria-t-il, tandis que les autres mineurs passaient dans la plus totale indifférence.

Interloqué, le géant s'arrêta :

« Mais... Je viens te chercher!

— Tu n'as donc pas reçu mon message?

— Ainsi, cette lettre était bien de toi?

— N'as-tu pas reconnu mon écriture?

— Si! Mais enfin on t'a obligé à l'écrire. On a fait pression sur toi!

— En aucune façon. Vois-tu autre chose ici que des hommes libres? Vous empêche-t-on de m'ennuyer? »

Le mot était de trop. Le colosse, devenu rouge, explosa :

« Et les autres? Ceux dont tu avais la charge! Où sont-ils?

— Ils sont tombés malades. Je n'en suis pas responsable. Personne n'est responsable.

— En es-tu bien certain? »

Ruder ne répondit pas. Il se contenta de hausser les épaules, pour marquer combien il se désintéressait de la question.

« Tu ne veux donc pas revenir? dit enfin le colosse d'une voix qui tremblait.

— Pour quoi faire? Nous sommes heureux ici.

— Plus heureux que chez nous? répéta Hagel incrédule.

— *Chez nous?* Un enfant de *chez nous* sait-il seulement ce que signifie courir? Je veux dire courir dans l'herbe haute, sans être arrêté par un bordage toutes les dix foulées!

— Mais nous avons l'océan...

— L'océan! Il est votre maître, et non votre chose! Depuis que ses eaux se sont refermées sur le vaisseau qui amena les Terriens, l'océan de cette planète ne cesse de détruire les hommes!

— Il nous nourrit!

— Mais ce sont les terres qui fournissent le bois pour faire les bateaux, la plupart des métaux, et tout ce qui nous rapproche de nos ancêtres les Terriens! Vous perdez votre temps sur la mer. L'avenir de cette planète se trouve dans les îles. »

Hagel, interloqué, plongea son regard dans celui de Ruder, distant.

« Alors, nous n'avons plus rien à nous dire?

— Plus rien! »

Il fit mine de s'en aller. Hagel ne réagissait plus, pétrifié par l'incrédulité, par la déception.

Soudain, Ruder se raidit, fixant par-dessus l'épaule de Hagel quelque chose ou quelqu'un. Sa respiration se fit plus courte. Insensiblement, Jarvis tourna la tête, prêt à faire feu.

Monya approchait, le pas élastique, sans hâte. Surpris, Jarvis regardait la jeune fille, le visage grave, qui marchait sans quitter le transfuge des yeux.

Ruder, se retournant sur Hagel, l'invectiva brutalement :

« Penses-tu que ce soit loyal?

— Elle a demandé à venir », répondit le Runéen.

Ainsi, ce n'était pas seulement pour ses talents de cartographe que Monya avait été choisie! Cela signifiait que, malgré leurs dénégations, Sverd et Hagel avaient admis l'authenticité de la lettre.

Monya ne parla pas. Elle se planta devant Ruder; ses yeux tristes disaient assez qu'elle avait deviné la décision du jeune homme et combien elle aurait aimé qu'il en changeât.

« Inutile d'insister. Je reste ici! s'écria soudain Ruder, d'une voix trop aiguë qui s'étranglait.

— Alors je reste avec toi! dit Monya.

— Pas question! »

La réponse, rageuse, précipitée, avait échappé à Ruder comme un aveu. Farnsel cachait bien un mystère. Quelque chose retenait Ruder à la mine, qu'il ne voulait pas révéler. Quelque chose de puissant. Hagel, sans doute, l'avait pressenti. Il chercha à gagner du temps.

« Très bien. Au moins nous laisseras-tu nous reposer ici. »

Jarvis tressaillit. Mais ni Sverd ni Monya ne réagirent à ce changement de programme. Ils avaient compris que le Runéen cherchait à percer les défenses de son neveu. La question était de savoir si Ruder s'en était rendu compte.

Il répondit, d'une voix sereine :

« Si vous voulez. Mais soyez loin quand nous reviendrons de la mine.

— Que risquons-nous, sinon? »

Ruder haussa les épaules. De toute évidence, il était libre de s'exprimer. Il avait choisi de ne pas le faire.

« Partez, dit-il. Partez tout de suite. Oubliez-moi! »

Il tourna les talons. Seuls dans la quiétude du matin, trois hommes et une jeune fille aux yeux embués de larmes se demandaient ce qu'ils étaient venus faire en ce lieu.

Dans un cliquetis de métal grinçant, le tapis roulant s'ébranlait.

4

Tête basse, ils regagnèrent le couvert forestier. Contrairement à ce qu'avait prétendu Hagel, ils n'avaient aucune intention de perdre leur temps à la mine. D'une part, ils trouvaient inutile de s'exposer. D'autre part, s'ils avaient conservé une demi-journée d'avance sur leur programme, ils n'en avaient pas acquis d'autres. Cela les préoccupait, dans la mesure où ils avaient cru compter large. Chaque jour qui passait menaçait leur sécurité. Le moindre incident risquait de leur faire manquer le rendez-vous de l'*Aven-Flo*.

Hagel, mécontent, cherchait à passer sa colère sur quelqu'un. Les sentinelles endormies, à présent revenues à elles, constituaient un exutoire de choix.

« Eh bien? éclata le colosse, quand ils se furent éloignés de la lisière. M'expliquerez-vous votre conduite?

— Il n'y a rien à expliquer, répliqua posément Tagner.

— En effet, tempêta Hagel. Votre attitude se passe de commentaire. Vous étiez complètement ivres.

— C'est faux! s'insurgea le matelot.

— Comment aurions-nous fait, ajouta Raum, quand nous n'avions pas d'alcool? »

Sverd s'interposa. Certes, la conduite des sentinelles exigeait une explication, mais il jugeait prématuré ce procès en plein air. Ils avaient autre chose à faire!

« C'est précisément ce que Hagel demande, coupa-t-il. Nous éclaircirons ce point plus tard. Pour le moment nous devons rejoindre notre base au plus vite. »

Raum s'était arrêté, faisant face à ses compagnons. Il hocha la tête.

« Nous regagnerons la côte quand vous vous aurez entendus. L'*Aven-Flo* n'abordera pas avant trois jours. C'est plus qu'il nous en faut pour y parvenir. Si cette expédition a jusqu'à présent réussi, du moins en ce qui nous concernait, c'est que nous avions la plus entière confiance les uns dans les autres. Je tiens à dissiper tout malentendu avant de partir! »

Le visage du colosse pâlit de colère. Comment! Voilà que le coupable se mêlait de vouloir lui donner des leçons!

« D'accord! dit précipitamment Jarvis avant qu'éclate la colère du Runéen. Mais sois bref!

— Je le serai. Nous n'avions pas d'alcool, et nous n'avons rencontré personne. D'ailleurs, nous n'étions pas ivres du tout!

— Vous dormiez. Et d'un sommeil trop profond pour être naturel.

— D'accord. Cela, je le reconnais. Mais c'est tout ce que je sais.

— Un peu facile! gronda Hagel.

— Je dis pourtant la vérité. Hier soir, j'ai pris le premier tour de garde. Tout était calme dans le village. Les mineurs s'étaient terrés dans leurs abris. Il faisait chaud. L'obscurité est tombée d'un seul coup. L'air a un peu fraîchi. Je me sentais détendu, serein; Mais je n'avais pas sommeil. Tagner, non plus. Il était étendu, les yeux ouverts, à quelques pas de moi. Les fleurs de la clairière se sont ouvertes, et sous la lumière de Doris, elles brillaient d'un éclat nacré. Je me souviens d'être resté à les contempler, grisé par leur parfum entêtant. Je me rappelle aussi avoir rêvé. Des rêves qui me ramenaient au temps de mon enfance... Donc, je me suis endormi, une heure à peine après le crépuscule. Cependant je ne me souviens pas à quel moment précis j'ai sombré dans le sommeil. Et ce matin, je me suis éveillé, heureux sans savoir pourquoi. »

Le silence suivit ce récit. Chacun réfléchissait à ce qu'il venait d'entendre. Bien sûr, Raum pouvait mentir. Mais cela ne lui ressemblait guère.

« Tu es sûr que personne ne t'a approché?

— Oui. Enfin, ces événements sont si étranges que je ne puis avoir de certitude absolue, bien sûr. Mais je ne crois pas.

D'ailleurs Tagner ne dormait pas. Si quelqu'un était venu, nous l'aurions repéré.

— Personne ne les a approchés », dit soudain Uriale.

Tous la dévisagèrent, cherchant à deviner d'où lui venait cette certitude.

« Ce sont les fleurs, expliqua-t-elle. Sous ces latitudes, les plantes doivent lutter contre la chaleur. Quand il y a de l'eau, pas de problème, au contraire. Cela donne des couverts semblables à celui que nous avons traversé. Mais l'existence des clairières prouve que la nature du sous-sol est différente. Il y a moins d'eau. Alors les plantes qui croissent en ce lieu doivent s'adapter à la sécheresse.

— Quel rapport? demanda Hagel cachant mal son impatience.

— Pour lutter contre la déshydratation, les plantes doivent diminuer leur surface d'évaporation, au moins pendant les heures les plus chaudes. C'est pourquoi les fleurs ne s'ouvrent que la nuit. Mais elles ne peuvent plus attirer par leur couleur les insectes devant assurer le transport du pollen. C'est pourquoi elles dégagent un parfum beaucoup plus fort que les fleurs diurnes. »

Tagner interrompit ce cours de botanique pour ramener Uriale à la réalité de leur situation :

« C'est le parfum qui nous aurait enivrés? demanda-t-il, d'un ton à la fois sceptique et plein d'espoir.

— Plus qu'enivrés. Ces vapeurs vous ont drogués. »

Le visage de Hagel s'éclaira :

« Voilà pourquoi les mineurs restent dans ce trou. Ils ont besoin du parfum! »

Il avait oublié sa colère. Enfin, il tenait une explication susceptible d'excuser le comportement étrange de son neveu.

« C'est possible, dit Sverd. Peut-on le vérifier?

— Il faudrait analyser les gaz qui s'en dégagent, ce qui est impossible ici, dit Uriale. Tout ce que nous pouvons faire, c'est d'attendre la nuit et faire l'expérience.

— A quoi bon? C'est cela! Ce ne peut être que cela, décréta Hagel.

— En tout cas, remarqua Jarvis, une telle hypothèse explique pas mal de choses : l'impatience du mineur, son récit sur les conditions de la vie de la mine, tellement discordant avec ce que nous avons vu, l'absence de gardiens. Et aussi le désir qu'avait Ruder de nous voir partir avant la nuit : il est parfaitement conscient de la situation; il ne voulait pas qu'on la devine ou que nous en soyons victimes à notre tour.

— Alors, que fait-on? » coupa Hagel.

Pour lui, le temps des explications était passé. Il fallait agir.

« C'est à toi de décider, répondit Sverd. Cela concerne ton neveu.

— Bon! On va le chercher.

— Cela peut être dangereux, prévint Uriale. Une privation brutale pourrait le tuer.

— Possible! Mais il ne s'en tirera pas sans aide. Et s'il reste... Mieux vaut qu'il revienne à la mer. Au moins, l'honneur sera sauf.

— D'accord, dit Sverd. Mais saurons-nous le décider?

— Cela, je m'en charge! » gronda Hagel.

5

Une fois admise la nécessité d'une nouvelle tentative, il ne restait plus qu'à décider entre deux solutions : attendre le soir que sortent les mineurs, ou pénétrer dans la mine. La première était la plus sage. En outre, il serait plus facile de venir à bout de la résistance de Ruder quand celui-ci remonterait, épuisé, des galeries. Mais c'était à Hagel de prendre la décision. Et il n'avait nullement l'intention de choisir la prudence.

Ils adoptèrent la même position que le matin. Sverd s'embusqua dans le village pour couvrir Jarvis et Hagel qui gagnèrent l'entrée de la mine.

Les mineurs qui, sur la plate-forme, chargeaient le tapis roulant, ne leur prêtèrent aucune attention.

La galerie s'enfonçait doucement dans le sol sur une centaine de mètres. Les étais mal entretenus ployaient sous la charge et l'on entendait de temps à autre le chuintement inquiétant de petits éboulements.

Sitôt entrés, Jarvis et Hagel trouvèrent refuge dans un étroit goulet où ils purent attendre que leurs yeux s'habituent à la pénombre. Deux mineurs passèrent devant eux, ahanant derrière un chariot à moitié vide, sans les repérer. D'ailleurs, ils n'avaient probablement rien à craindre de ces épaves aux joues creuses dont les yeux fiévreux brillaient à la faible lueur des lampes à huile plantées au hasard des parois.

Quand ils estimèrent avoir assez attendu, ils s'enfoncèrent dans la galerie. Celle-ci se terminait en cul-de-sac. Un puits s'ouvrait dans le sol; des échelles brillantes d'usure y descendaient. Quatre mineurs peinaient sur un treuil pour remonter des auges emplies de pierres. En voyant les deux intrus, ils s'arrêtèrent un court instant. Jarvis fit jouer la culasse de son arme. Aussitôt, les mineurs repartirent avec une énergie accrue.

« Où travaille Ruder, le Runéen? s'enquit Jarvis.

— Troisième niveau », soufflèrent les hommes d'une même voix, sans cesser de tourner.

La corde grinçait.

Jarvis jeta une interrogation muette à Hagel. Descendre dans ce trou, en laissant des hommes derrière lui, ne lui plaisait guère. Comme chausse-trape, on ne faisait pas mieux. Hagel lui-même hésitait. D'un autre côté, ils ne pouvaient songer à se séparer : le risque de se laisser surprendre deviendrait alors trop grand.

Hagel, enfin, se décida. Il mit son arme à la bretelle, et empoigna les montants de l'échelle. La petite tache que dessinait sur la paroi la lueur de la lampe qui pendait à son cou s'enfonça rapidement. Les mineurs n'y prêtaient aucune attention. Jarvis se décida à suivre son compagnon.

L'échelle de bois branlait. L'auge le croisa en se balançant dangereusement. Arrivé à mi-hauteur, Jarvis releva brusquement la tête, dans le dessein d'apercevoir un éventuel observateur. Une lumière sale tranchait sur la pénombre du puits; aucune tête ne se penchait au-dessus de l'orifice.

Un palier de bois rudimentaire permettait d'accéder aux galeries du premier niveau. Des coups sourds résonnaient dans les profondeurs. Hagel suait à grosses gouttes.

« Tu ne te sens pas bien? » s'enquit Jarvis.

Le colosse lui jeta un regard courroucé. Il respirait difficilement, et ses larges mains tremblaient. De toute évidence, il avait peur. Ce lieu était à l'opposé de tout ce qu'un fils des vagues pouvait connaître.

« Continuons, souffla le Runéen d'une voix rauque.

— Je peux poursuivre la descente seul, si tu veux, offrit Jarvis.

— Pas question », rugit Hagel, froissé. Il s'engagea sur la deuxième échelle. « Comment peut-on vivre là-dedans? maugréa-t-il simplement en amorçant la descente.

Le troisième niveau était le dernier. Il y faisait chaud : l'aération était tout aussi négligée que le reste. Tout se passait comme si on avait voulu exploiter la mine au plus vite, avant que son existence ne soit découverte.

D'une galerie centrale assez courte, des boyaux partaient en étoile, selon un tracé anarchique.

« Comment allons-nous le retrouver dans ce dédale? s'inquiéta Hagel.

— Laisse-moi faire », répondit Jarvis. Conseil bien inutile! Bien qu'il ait tout d'abord pris la tête, Hagel s'en remettait entièrement à Jarvis pour se diriger dans ce qui, après tout, n'était qu'une caverne artificielle.

Jarvis pénétra dans un goulet, et interpella le premier mineur qu'il rencontra. L'homme avait du mal à soulever le pic qu'il laissait retomber plutôt qu'il n'appuyait dessus. Il ne fit aucune difficulté pour indiquer dans quelle galerie travaillait le Meerane. Peut-être le fusil dont le canon luisait doucement à la lueur des lampes était-il pour quelque chose dans cette docilité. Ou bien, plutôt, toute velléité de résistance était brisée chez ces hommes asservis par la drogue. Aucune solidarité entre eux. Chacun ne vivait que pour le repos du soir, et rien d'autre ne comptait que le sommeil artificiel que leur dispensaient les fleurs.

Ruder, faiblement éclairé, écroulait une paroi friable. Quand il aperçut la lueur des lampes, il se retourna d'un bloc. Lui au moins ne cédait pas à l'apathie générale. C'était là une bien maigre consolation. Il serrait son pic à deux mains, comme prêt à frapper. La sueur dessinait dans la crasse de son visage des ruisselets de boue.

« Nous sommes revenus, dit Hagel pour tout préambule.

— C'était inutile!

— Je ne discuterai pas de cela pour l'instant. Nous devons être loin quand s'ouvriront les fleurs! »

Ruder pâlit sous son masque de crasse, et ses mains tremblèrent sur le manche de sa pioche.

« Je ne comprends pas! dit-il d'une voix mal assurée.

— Bien sûr que si! Vas-tu nous suivre?

— Je ne veux pas!

— Il serait plus juste de dire que tu ne peux pas, intervint Jarvis. Ou que tu as l'impression de ne pas pouvoir. Nous t'aiderons. Tu ne dois pas rester là à croupir, t'usant à extraire le minerai pour des gens qui t'ont réduit en esclavage. »

Le Meerane regimba. Son interlocuteur n'était pas un nomade. De quel droit lui parlait-il ainsi?

« Que sais-tu de la vie des fils des vagues, pour parler d'asservissement? Nous autres, Meeranes, nous nous prétendons hommes libres, mais nous subissons la loi du tyran le plus féroce : l'océan. La vie à bord est un labeur incessant, et nous ne sommes jamais sûrs, en nous endormant, de n'être pas tirés du sommeil par une alerte. Ici, au moins, je suis libre.

— Comment peux-tu parler de liberté, quand tout en toi, ta vie comme tes rêves, a besoin du parfum de ces fleurs?

— J'ai le droit de faire ce qui me plaît!

— Non, coupa Hagel. Tu étais responsable de tes camarades, et tu les as laissés mourir. Tu dois en rendre compte au clan.

— Par ailleurs, reprit Jarvis, tu te fais complice d'un crime. Tu encourages les marchands de Najade à continuer leur trafic.

— Je ne vois pas ce que j'y peux changer.

— C'est simple : fuis cette île. Sachant leur secret découvert, ils prendront peur. Peut-être décideront-ils de respecter la convention de Balmeen.

— Cela ne concerne pas un Meerane!

— En voilà assez! » tonna Hagel.

Et, avant que Ruder ait eu le temps d'esquisser le moindre geste de défense, il lui assena en pleine face un coup de poing qui suffit à l'assommer.

« S'il ne veut pas venir volontairement, nous l'emmènerons de force », commenta-t-il simplement, tandis que Ruder glissait par terre.

Il le ramassa sans précaution et le fit passer sur son épaule.

« En route! » rugit-il.

Il avait oublié sa peur.

Ils couraient dans la nuit de la mine. Hagel, le dos courbé sous sa charge, suivait Jarvis, qui éclairait le chemin. La lueur jaune tressaillait au rythme heurté de leur course.

En atteignant le haut de l'échelle, Jarvis qui ouvrait la voie, se jeta sur le côté, dos à la cloison, arme pointée. Précaution bien inutile! Toujours penchés sur le cabestan du treuil, les mineurs ne songeaient pas à tenter quoi que ce soit pour empêcher l'enlèvement de leur compagnon d'infortune. Il devait être facile aux marchands d'imposer leur loi. De temps à autre, ils emmenaient un mineur choisi au hasard parmi les plus usés. Cet exemple activait l'ardeur des autres, inquiets à l'idée d'être privés de leur drogue.

Hagel sortit sur ses talons; il ne paraissait pas gêné par le poids de Ruder.

Ils traversèrent rapidement l'espace qui les séparait de l'orée; Sverd ne se montra qu'après les avoir vus s'enfoncer dans les fourrés.

Essoufflés, ils furent accueillis avec enthousiasme par leurs compagnons.

« Je le ramène! » s'écria Hagel, jovial, à l'intention de Monya.

Il laissa glisser sans douceur son fardeau au sol.

La cartographe, partagée entre la joie de retrouver Ruder, et l'amertume de voir dans quel état le poing de Hagel l'avait mis, se précipita sur le jeune homme pour essuyer le sang qui avait coulé de son arcade sourcilière.

« Tu aurais pu le tuer! » reprocha-t-elle au colosse.

Celui-ci haussa les épaules :

« Il est de ma race », précisa-t-il, comme si cela impliquait qu'il pût recevoir sans dommage un coup à défoncer un sabord. « De toute façon, reprit-il, cela coupait court à toute discussion.

— Voilà qui est contraire aux principes

meeranes, fit ironiquement remarquer Jarvis. Tu ne lui as laissé aucune chance de t'échapper.

— Est-il dans nos principes d'abandonner un homme qui se noie? »

Jarvis ne répliqua pas. Ce dilemme constituerait un beau sujet de réflexion pour le vieux Parson, quand ils seraient de retour sur le *Wei-Hengst*. S'ils y arrivaient jamais. Car, avec ce poids mort en plus, la traversée de la forêt risquait de prendre davantage de temps qu'ils n'en disposaient avant le retour de l'*Aven-Flo*.

« Nous allons faire un brancard, proposa Uriale.

— Pas le temps, répliqua Hagel. Je le porterai.

— Jusqu'à la côte?

— Jusqu'à ce qu'il se réveille. Ensuite il marchera, dussé-je le traîner avec un licou.

— Il faudra l'attacher, ajouta Sverd. Qu'il ne lui arrive pas la même chose qu'au mineur. »

Monya frissonna à cette idée. Uriale la prit par les épaules, en signe de réconfort.

« En route! » décida Sverd.

Ils avançaient dans un grand bruit de feuilles brisées, négligeant toute précaution : le danger ne viendrait pas de l'arrière, et ils voulaient s'éloigner le plus possible avant le soir.

Plus que quatre jours.

C'était largement suffisant. Si les marchands ne les rattrapaient pas avant.

Jusqu'à présent, ils s'étaient montrés d'une discrétion exemplaire. Selon Hagel, cela voulait dire que leur présence sur l'île n'avait pas été décelée. Jarvis ne partageait pas cet optimisme. Bien plutôt, il croyait que les marchands comptaient sur Farnsel pour venir à bout des intrus. Peut-être même sur les fleurs. En tout état de cause, il valait mieux s'éloigner, car on devait commencer à s'inquiéter, au comptoir, de l'absence de ceux que l'expédition avait « retardés ».

CHAPITRE IV

L'EMBUSCADE

1

APRÈS un détour imposé par la densité du taillis, ils rejoignirent le tapis roulant. Jarvis était tenté de l'utiliser. Hagel l'approuvait. Les autres manifestaient la plus grande répugnance à cette idée. Monya vint au secours de Jarvis.

« Je n'ai pas pu faire de relevé sérieux sur cette région du parcours, déclara-t-elle. Il serait donc plus sage de retrouver l'arbre marqué. »

Elle mentait, évidemment; mais nul n'eut le cœur de lui en faire le reproche. Elle s'inquiétait pour Ruder et désirait l'éloigner au plus vite de la mine.

« C'est bon! Allons-y, dit Sverd. Tu passes le premier », ajouta-t-il à l'intention de Jarvis.

C'était normal. Le premier serait le plus exposé. Celui qui avait pris l'initiative devait en assumer le risque; ainsi le voulait l'éthique meerane.

Monter sur le tapis présentait plus de difficulté qu'il semblait au premier abord. On ne disposait d'aucun point d'appui pour s'y hisser. Prenant son élan, Jarvis se jeta à plat ventre sur le minerai. Le contact fut plutôt rude. Il se sentit irrésistiblement attiré vers le bas. Il opéra alors un demi-tour sur lui-même, de façon à se retrouver allongé sur le dos. Les branches défilaient à une vitesse impressionnante au-dessus de lui. Il tenta de se redresser, mais dut y renoncer à cause des lianes poisseuses qui tendaient leurs pièges à quelques décimètres au-dessus de lui. A la vitesse où il les abordait elles auraient pu aisément l'étrangler, voire le décapiter. Ces lianes lui serviraient, le moment venu, à freiner sa course.

Le sac à dos formait une bosse sur laquelle il prenait appui pour lever la tête, juste ce qu'il fallait pour apercevoir les marques sur l'arbre. Au début, il ne doutait pas d'y parvenir. Puis, à mesure qu'il dévalait la pente, il comprit que cela ne serait pas aussi simple. S'il allait rater la marque? Il suffisait d'un moment d'inattention, d'une palme se balançant malencontreusement, ou simplement d'une trop grande vitesse. Il lui semblait entendre déjà le grondement sourd de la cascade de pierres concassées. Crispé, Jarvis observait les troncs, mais en vain. Cette équipée n'en finissait pas. Puis le roulement des galets sur le tablier du tapis fut supplanté par un grondement plus sourd : on arrivait.

Les lianes se faisaient plus nombreuses. A l'aller, il n'avait pas remarqué cette profusion. A présent, elle ne lui paraissait pas naturelle. Il ne s'agissait pas d'une culture à proprement parler, mais plutôt de l'aménagement de la végétation à un besoin précis. Bientôt, Jarvis aperçut le dessin géométrique gravé dans l'arbre. Aussitôt, il tendit les mains pour agripper une liane.

La plante, poisseuse, lui assura une prise solide. D'un coup de reins, il se lança de côté et retomba lourdement sur le sol.

Il était temps. Déjà le corps massif de Sverd arrivait sur lui. Le Meerane referma ses mains puissantes sur les lianes; son dos se cambra. Sans doute aurait-on lâché les lianes si une sève adhésive ne les enduisait.

« Attention! prévint Sverd en atterrissant. Le prochain, c'est Ruder. »

A dire vrai, il n'était pas seul. Hagel le tenait fermement contre sa poitrine. Il se rattrapa d'une seule main tout en projetant son neveu à terre. Lui-même eut quelque difficulté à se dégager ensuite et dut s'aider de ses jambes, en pestant contre les lianes qui l'engluaient.

Bientôt, ils furent tous réunis. Ils avaient gagné un temps précieux.

« Pas de problème, dit Sverd. Nous arriverons avec au moins une journée d'avance à la plage. »

Ruder, accroupi au pied d'un arbre, prostré, releva à peine la tête pour marmonner une remarque. Seule Monya y prêta attention.

2

A marche forcée, ils gagnèrent le plateau où croissaient ces plantes étranges qui savaient devenir cages. Ils avaient fait un crochet pour aller libérer les deux marchands. Leur intention n'était pas de s'encombrer de deux prisonniers, mais de leur donner un coutelas. A charge pour eux de porter au bulbe de la plante le coup fatal. L'opération menée de l'intérieur de la prison végétale prendrait beaucoup de temps aux deux hommes. Ce délai permettrait à la petite troupe de s'éloigner hors de la vue des marchands. Moins ceux-ci auraient d'indices sur la direction prise par les Meeranes, moins on risquerait d'avoir une désagréable surprise au rendez-vous de l'*Aven-Flo*.

L'orage montait. Ournos se voilait d'une brume noirâtre, tandis qu'à l'horizon de lourds nuages s'accumulaient, zébrés d'éclairs blancs.

L'air, moite et étouffant, asséchait les narines des voyageurs. Parfois, une volte de vent faisait furtivement frémir le faîte de l'herbe sèche. Mais, aussitôt apaisé, ce souffle d'air chaud ne suffisait pas à rafraîchir l'atmosphère du plateau. Tout au plus soulevait-il assez de poussière ocre pour accroître l'aspect macabre du lieu.

« C'est encore plus sinistre qu'à l'aller », dit Uriale en frissonnant.

Jarvis ne releva pas sa remarque. Depuis quelques minutes son front s'assombrissait. Un regard jeté sur Raum et Tagner confirma son appréhension : ils auraient dû, depuis longtemps, repérer les marchands.

Sverd ne tarda pas à deviner le trouble de ses compagnons.

« Ils se sont enfuis, pas vrai? »

Plus qu'une question, c'était une invite à l'aveu. Il est mauvais de garder pour soi son inquiétude. Le Roodéen savait cela.

« La voilà, j'en suis sûr! » déclara Jarvis en désignant une plante.

Ni Raum ni Tagner ne le démentirent.

Immobiles, ils regardaient la plante, largement ouverte à nouveau, qui tendait son piège patient.

Plus de cage, plus de marchands!

Pourtant, pas de doute. C'était bien là! D'ailleurs, le regard découvrait la plaine sur une vaste étendue. A supposer qu'ils se trompent, ils auraient dû apercevoir les prisonniers.

« Tu disais bien que les lianes ne lâchaient jamais leurs proies?

— Non, aussi longtemps que leurs victimes vivent », précisa Uriale.

Si les marchands avaient succombé, on aurait aperçu leurs corps. Une telle explication ne convenait donc pas.

« Reste longtemps sous l'eau, et tu connaî-
tras ceux qui convoitent tes biens », murmura Sverd.

Jamais Jarvis n'avait entendu ce proverbe.
Sans doute le Meerane le forgeait-il pour la
circonstance.

« Tu veux dire qu'ils ont feint la mort?
demanda Jarvis, habitué aux métaphores des
nomades.

— Exactement. Nous autres, fils des vagues,
nous trompons les lames, et nous rusons avec
le vent. Mais les hommes d'ici sont au fait des
traquenards de leur île! Ils doivent donc
savoir les déjouer! »

Le ton du capitaine était dénué d'aménité.
Jarvis était né sur une île. Il aurait dû prévoir ce qui arrivait. Certes, Hélan ne ressemblait en rien à Farnsel, mais pour un Meerane
une terre valait une terre.

Jarvis ne se perdit pas en excuses. Ce n'était
pas ce qu'on attendait de lui. Il avait mis la
troupe dans un mauvais cas, il devait l'en
tirer. Uriale vint à son secours :

« Ils ne peuvent avoir beaucoup d'avance.
Pour tromper la plante, ils n'ont eu qu'un
moyen : rester immobiles pendant un laps de
temps suffisant. Par ailleurs, le voyage jusqu'au comptoir prend plusieurs jours.

— S'ils doivent aller jusque-là. Rien ne dit
qu'il n'existe pas un camp plus proche, dit
Monya. Au pied de la falaise, par exemple, là
où tombe le minerai. Rien ne dit non plus
qu'ils n'ont pas reçu une aide. Car votre explication ne me satisfait pas. J'ai été prison-

nière de cette plante. J'ai pu constater avec quelle rapidité elle agit.

— Et alors?

— Alors? Supposez que les marchands aient réussi à tromper leur prison. Que celle-ci se soit ouverte. Comment auraient-ils franchi la distance qui sépare le cœur de la plante de l'extrémité des lianes sans qu'aussitôt elles se referment? »

Les voyageurs accueillirent cette critique en silence. De toute évidence Monya avait raison. Soudain, un rire aigu, nerveux, vint interrompre leur réflexion. Sortant de son mutisme, Ruder se moquait d'eux. Les lourds sourcils de Hagel se froncèrent. Son poing épais se crispa.

« Tu sais quelque chose? demanda Jarvis avant que la colère du colosse, se manifestant brutalement, les prive d'informations.

— Si vous avez enfermé les marchands là-dedans, ils n'ont pas dû y moisir, hoqueta Ruder. Tous ceux qui s'aventurent sur le plateau emportent, dissimulé dans leur ceinture, un fil d'acier avec lequel ils désamorcent le piège.

— Comment cela?

— C'est simple. Il suffit de relier deux lianes opposées au moyen du filin; en faisant une boucle au milieu. Dans cette boucle, on passe un bâton. En le tournant sur lui-même, on exerce une forte traction sur les lianes et elles se serrent avec d'autant plus de bonne grâce que le mouvement qui leur est imprimé convient à leur tendance naturelle. Comme les autres lianes ne bougent pas, on obtient au bout d'un certain temps un interstice assez large pour qu'on puisse s'y glisser. Le temps que la plante s'ouvre à nouveau, on est déjà loin. »

Jarvis, furieux, repensait à la frayeur feinte par les marchands quand il les avait poussés vers les plantes-cages. A présent, ils avaient deux jours d'avance sur eux.

« Nous devons redoubler de prudence, dit-il. Et pour commencer, gagner au plus vite le couvert forestier.

— Le plateau fait le tour du sommet de l'île, précisa Monya en consultant ses croquis. Il y a bien quelques obstacles, dus à l'existence d'une ligne de fracture, mais rien d'infranchissable, je crois.

— Eh bien, allons-y », décida Jarvis, se mettant aussitôt en route.

Il fallait avant tout empêcher les Meeranes de palabrer.

Ils atteignirent la faille annoncée au crépuscule. Elle constituait un bon abri pour passer la nuit.

3

Le tonnerre roulait. Noire la mer, noirs les nuages : de longues étincelles blanches éclairaient leurs moutonnements menaçants. Seuls les coups de fouet des éclairs rappelaient la lumière dans cet univers nocturne. Les courants d'air provoqués par la différence des températures de la surface de l'océan avaient contenu l'orage au large de Farnsel. Avec la nuit, la situation changeait. Les nuages se pressaient vers Farnsel.

Les premières gouttes de pluie s'écrasèrent sur le sable mauve de la plage, et la jungle secoua sa torpeur. Les feuillages s'ébrouaient sous l'averse. Les pétales s'ouvraient, les ramures s'étalaient. L'herbe brûlée reprenait vie. De toute part resurgissaient les sources oubliées qui irriguaient le sous-sol cendreux de l'île. Mystérieuses, des cascatelles chantaient leur exubérance dans l'obscurité.

Dans la faille, les Meeranes, insensibles à cette renaissance, pliaient bagage. De chaque fissure de la roche sourdait un ruisselet. La moindre déclivité abritait un ru. Un creux un peu plus profond, et naissait un torrent.

En pestant contre l'eau qui cherchait à les emporter, les Meeranes fuyaient sans gloire. La roche couverte de cendre grise, que la pluie amalgamait en boue gluante, se dérobait à leur prise. Les chutes, fréquentes, pouvaient être dangereuses. A la lueur livide et intermittente que leur dispensait l'orage, les obstacles prenaient des allures de cauchemar. La pluie collait les vêtements à leur peau, les cheveux à leurs fronts. Ruder sanglotait, en proie à une incoercible terreur. Hagel devait le hisser pour lui faire franchir les marches de l'escalier de géant que le caprice du refroidissement avait creusé dans la lave.

L'aube pointa alors qu'ils franchissaient

le dernier contrefort. Une aube grise et triste, noyée de pluie et de brouillard. L'orage ne se calmait pas. Il faisait à peine clair.

« Quand je pense qu'il va encore falloir se plonger dans la boue, soupira Tagner.

— Ce serait moindre mal, répliqua Jarvis en ramenant sa mèche ruisselante qui — par extraordinaire — ne retomba pas aussitôt. Malheureusement, je crains que nous rencontrions une difficulté d'un autre ordre : le torrent de boue a certainement débordé. En tout cas, ses eaux ont gonflé. Il n'est pas dit que nous puissions emprunter ce chemin, ni même que nous le retrouvions. D'ailleurs, traverser les plantes électriques, avec cet orage...

— Justement, dit Uriale. Les masses électriques s'attirent. Si nous ne nous étions pas trouvés dans une déclivité à ce moment, nous aurions assisté à un formidable échange d'éclairs entre les plantes et le ciel. A présent, elles doivent être complètement déchargées. Elles le resteront aussi longtemps que la pluie tombera. Nous pouvons donc passer sans risque.

— Alors, en route! Tâchons d'arriver avant que cesse la pluie! »

Le terrain déclinait plus rapidement de ce côté de la faille. L'herbe bleue geignait toujours au passage des intrus, mais à cette plainte se mêlait un bourdonnement sourd d'organisme repu : l'herbe se gorgeait d'eau. Du coup, elle retrouvait toute sa vigueur, et les voyageurs se coupèrent les mains à ses bords tranchants.

Quand ils atteignirent enfin le but, la journée était bien entamée. Cependant la luminosité restait tout aussi précaire. Cela leur assurait de pouvoir passer sans craindre une brusque accalmie.

Pour preuve de ses dires, Uriale jeta quelques pierres dans les plantes. Les longues épines friables se cassèrent, mais aucune bluette ne révéla la présence d'électricité. Jarvis remarqua même le dos ondulant de quelques rongeurs qui s'éloignaient furtivement tandis qu'ils approchaient : les animaux profitaient de la pluie pour varier leur menu avec ce plat inhabituel.

Les épines, malgré leur apparence redoutable, n'offraient aucun danger. Composées de fragiles cristaux riches en éléments métalliques, elles se brisaient avec facilité. D'ailleurs, à mesure qu'on pénétrait plus avant dans le fourré, sa densité diminuait.

A mi-course, alors que la pluie redoublait d'intensité, ils entendirent une brusque détonation : la foudre s'était abattue sur le massif. Soudain, ils aperçurent une lueur mouvante à quelques dizaines de mètres devant eux. Ils ne pouvaient en distinguer la nature. Mais, quoi que ce fût, on ne pouvait lui attribuer une origine humaine : l'objet se déplaçait à une vitesse importante avec de brusques changements de direction.

« Couchez-vous! » cria Jarvis en se jetant lui-même à terre.

L'objet se précipitait sur eux. Avec un effrayant silence, il passa au-dessus de leurs têtes, porté par la cime des plantes. Un violent courant d'air le précédait.

« Attention! Ne relevez pas la tête, prévint Jarvis, il peut revenir! »

Mais l'objet avait déjà disparu.

Encore éblouis d'avoir contemplé cette boule de matière ignée, ils se levèrent en titubant.

« Tant que durera la pluie, nous ne risquons rien, hein? ricana Sverd.

— Quelle saleté! dit Monya. Qu'est-ce que c'était?

— Foudre en boule, ou quelque chose dans ce goût-là », répondit Jarvis.

Sans plus tarder, ils reprirent leur chemin. Ils n'avaient plus qu'une idée : sortir de ce fourré. La pluie les protégeant ils avaient tout d'abord redouté la fin de l'orage; ils avaient à présent des raisons de le craindre.

4

Ils émergèrent du dangereux fourré dans le milieu de l'après-midi. Jusqu'au soir, ils longèrent la lisière, de façon à aborder le marécage à l'endroit où ils l'avaient franchi à l'aller. Jarvis avait émis l'hypothèse que le gigantesque organisme gardait peut-être en cet endroit le souvenir du désagréable contact qu'il avait eu avec eux, et éviterait de se manifester. Bien sûr, ils savaient comment se déjouer de ses pièges. Mais allumer des torches n'est pas le meilleur moyen de passer inaperçu quand on craint des poursuivants.

La nuit venue, trempés, recrus de fatigue, ils s'affalèrent dans l'herbe humide, au bord du plateau. Ruder ne réagissait plus. Il marchait quand on le poussait, s'effondrait quand on s'arrêtait. A l'épuisement s'ajoutait la faim, qui commençait à user leurs dernières forces. Certes, ils avaient emporté de quoi se nourrir, sous la forme la plus concentrée possible. Cependant la nécessité de transporter leurs vivres les avait limités. Ils trouvaient de l'eau douce sur Farnsel, mais moins de végétaux comestibles qu'ils ne l'avaient espéré. Aussi devaient-ils de jour en jour réduire une ration déjà faible. Et ils s'endormaient en rêvant de viande rôtie aux poupes des navires et de poissons cuits sous les cendres d'algues.

Le matin, en déchirant leurs songes, les ramenait à une plus dure réalité. Ils n'eurent pas pour descendre les marches du plateau dominant le marécage plus de difficulté qu'à l'aller. Pourtant ils en éprouvèrent plus de peine. La pluie s'était arrêtée soudainement, un peu après minuit, et une lumière vive noyait le cloaque quand ils en touchèrent la rive.

La pluie avait dilué le suc digestif; l'eau baignant la surface du monstre était devenue limpide. Les voyageurs marquèrent le pas avant de s'engager sur ce répugnant territoire. Sverd et Jarvis, marchant en tête, s'étaient munis d'une torche éteinte, prêts à en user en cas de besoin. Cependant, l'hypothèse de Jarvis sembla tout d'abord se vérifier, puisque nulle protubérance ne se forma. Ils en reçurent bientôt confirmation, et ce fut une désagréable surprise. Cela commença par une lente et profonde pulsation. Le sol se soulevait et s'abaissait, comme pour marquer la respiration d'un dragon endormi. Puis le mouvement s'accéléra, menaçant leur équilibre. Plus le rythme devenait rapide, plus le sol se creusait. A chaque palpitation, le liquide corrosif, agité par ce mouvement, accumulé dans les creux successifs, éclaboussait les imprudents.

« Il cherche à nous noyer! cria Uriale.

— Dispersons-nous et courons en nous éloignant les uns des autres », ordonna Jarvis.

Profitant d'une « remontée » de la surface, tous s'éparpillèrent. Un moment encore, le marécage ondula. Puis il se mit à frissonner. Des vagues rapides le parcouraient, entravant la course des hommes, mais sans les menacer vraiment.

Lorsque, sur la rive, ils se furent regroupés, ils demandèrent des explications à Jarvis.

« Nous avons eu de la chance, dit celui-ci. Sans l'orage qui a dilué son acide, nous aurions pu subir de graves brûlures.

— Qu'est-ce qui t'a donné l'idée de nous disperser? demanda Sverd.

— J'ai pénétré dans ce cloaque avec l'idée qu'il nous reconnaîtrait. Quand il n'a pas réagi à notre présence, j'ai su que j'avais raison. Et, sitôt qu'il s'est mis à danser, j'ai compris qu'il avait « réfléchi », si je puis employer ce mot à propos d'un organisme qui n'est peut-être pas intelligent. Il essayait sur nous une nouvelle méthode de chasse.

— Et comme tu n'ignores rien de la psychologie des marécages, tu en as déduit qu'il serait dépité de nous voir partir chacun de notre côté au lieu de lui fournir un repas substantiel, ironisa Hagel.

— Non, mais une chose devrait vous étonner. Il cherchait à la fois à nous éclabousser et à ouvrir dans sa surface un puits où, prisonniers, nous aurions entièrement baigné dans le suc digestif. Une méthode, somme toute, plus simple que le système de leurres que nous avons vu fonctionner.

— Tu veux dire que ce comportement te paraît plus normal que le premier? demanda Uriale.

— Pas plus normal. Mais plus logique, plus économique. S'il ne l'a pas employé la première fois, c'est, précisément, que ces mouvements n'ont rien de naturel pour lui. Ils exigent de gros efforts. Il lui fallait procéder par à-coups, avec des spasmes de plus en plus prononcés, et non en une tension soutenue. Un tel effort, contraire à sa physiologie, ne pouvait certainement pas être répété en plusieurs lieux. Il lui fallait concentrer toute son énergie en un point. »

Hagel siffla entre ses dents.

« Beau raisonnement. Peut-être même est-il juste. »

Monya vint troubler le repos qu'ils s'octroyaient.

« Ne restons pas là. Je me sens mal à l'aise. J'ai sans cesse l'impression d'être épiée.

— C'est bon, on y va », dit Sverd en passant les bras dans les bretelles de son sac, presque vide désormais.

Les autres l'imitèrent, sans entrain. Hagel grommelait en s'assenant de lourdes claques : avec la forêt, ils retrouvaient les moustiques.

Ils repérèrent sans peine, perdue dans les fourrés, la soie luisante d'une galerie de worms. Protégée par le couvert épais, elle n'avait apparemment pas souffert de la pluie. Voilà qui expliquait sans doute pourquoi les worms limitaient leur habitat à la forêt dense.

Aussitôt, ils se mirent à la tâche. Peut-être le passage qu'ils avaient ouvert quelques jours auparavant se trouvait-il à quelques mètres de là. Mais ils pouvaient aussi perdre des heures à le chercher, sans être assurés de le trouver. Car depuis tant de jours la brèche avait peut-être été comblée par la luxuriante végétation. Il valait mieux s'attaquer de front aux fourrés.

Quand ils se retrouvèrent enfin dans la galerie, ils s'effondrèrent sur le sol soyeux, le dos appuyé à la paroi incurvée. Raum lança une plaisanterie qui, sans doute, n'avait rien de drôle, et ils éclatèrent tous d'un rire nerveux en dépit des worms. Ils étaient arrivés là où les marchands ne pouvaient plus les surprendre. Ils se sentaient détendus, libérés.

Cela ne dura pas. L'*Aven-Flo* devait accoster dans deux jours. Ils n'avaient pas le temps de prolonger cette détente.

Mais ils repartaient confiants. Les marchands ne les avaient pas dépistés, croyaient-ils.

Ils se trompaient.

L'odeur d'un worm mort se repère de loin, et il n'y a guère que l'homme pour affronter victorieusement ce terrible animal. Les marchands n'avaient éprouvé aucune peine à découvrir le passage emprunté par l'expédition à l'aller.

5

Une explosion retentit, tragique et soudaine, dans leur dos. Ils s'immobilisèrent. La forêt, surprise, se tut. Une deuxième, puis une troisième déflagration la secouèrent. Alors la forêt se mit à hurler. De rauques rugissements résonnaient rudement, des cris effrayés fusaient dans un froissement de plumes, des beuglements s'achevaient en sanglots.

Mais ce n'était pas pour l'heure ce qui les inquiétait. Au contraire, cette profusion de vie avait quelque chose de réconfortant. Ces cris étaient naturels dans la forêt.

Pas les détonations.

Elles n'explosaient plus derrière eux, à présent, mais devant. Loin devant, du côté de la plage.

« Il ne s'agit pas d'un phénomène naturel, déclara Jarvis. Il y a trop de régularité dans ces déflagrations, de méthode dans leur succession.

— Les marchands! Mais que font-ils? Ils percent des pistes? demanda Sverd.

— Eh bien, compagnon de toutes les pêches! Tu manques d'imagination, pour un homme habitué à mouiller des nasses. Ils nous enferment dans ce labyrinthe, voilà ce qu'ils font », tonna Hagel.

Les déflagrations s'étaient apaisées. Les marchands avaient bouleversé les galeries près de l'orée : plus moyen de sortir par le trajet connu. Le procédé des marchands était lâche, mais moins dangereux pour eux qu'une embuscade. La réputation des Meeranes les détournait de l'affrontement direct.

« Qu'à cela ne tienne! s'écria Hagel. Nous marcherons jusqu'à ce que nous trouvions une sortie. Ils n'ont pas pu ravager toute la jungle. »

Non, bien sûr, mais il était difficile d'évaluer sur quel front ils avaient bloqué le passage. Par ailleurs, les worms, effrayés ou simplement agacés par les explosions, pouvaient sortir de leur nonchalance.

Un long miaulement, s'achevant en une sorte de sanglot gourmand, glaça les fugitifs.

« De toute façon, nous n'aurons pas le temps », murmura Jarvis.

Tous le savaient, sur la planète : les rohfs, redoutables carnivores thalassiens, lançaient ce cri quand ils partaient en chasse.

En bousculant les issues des galeries. les marchands avaient dressé un piège bien plus perfectionné que Hagel avait pensé. Non seulement ils évitaient le combat, mais encore, fidèles à leur ligne de conduite, ils dégageaient leur responsabilité : que pourrait-on leur reprocher si des étrangers, méconnaissant les dangers de l'île, avaient débarqué loin du comptoir et fait de mauvaises rencontres dans la jungle? Ils pourraient prouver leurs dires en remettant les dépouilles des Meeranes à leurs compagnons. Car les rohfs apprivoisés rapportaient toujours leurs victimes à leurs maîtres.

« Nous ne sommes pas de taille à lutter contre ces animaux », dit Jarvis.

Il n'en avait jamais vu qu'en cage, à Najade. Mais il en connaissait l'agilité et la force.

« Il n'y a qu'un moyen, sortir d'ici, décida-t-il.

— D'accord, mais par où? Ils nous rejoindront avant peu. Eh! que fais-tu avec cette gourde? »

Jarvis ne perdit pas de temps à discuter. Il arrosait abondamment le plafond de la galerie, tandis que Davith et Raum, saisissant le sens de la manœuvre, l'aidaient à effilocher la soie amollie.

Ils avaient de la chance. La végétation n'était pas trop dense au-dessus. Quelques coups de coutelas, et ils élargirent le passage. Ainsi ils purent se hisser sur la galerie. Aussitôt, ils remirent en place les lambeaux de soie qui déjà durcissaient en séchant.

La brèche colmatée, ils n'étaient pas à l'abri de tout péril. La première question à résoudre était de sortir de la forêt dense sans utiliser la commodité des galeries. Où que le regard se portât, ce n'était qu'entrelacs de lianes et de branches, d'épines et de palmes. Un milieu impénétrable et hostile, où grouillaient de sombres formes indistinctes.

La forêt avait deux niveaux. Deux mètres environ au-dessus de leur tête, la broussaille cessait. Vingt mètres plus haut les feuillages translucides d'arbres géants couvraient ce labyrinthe, sans arrêter la lumière.

« Il faudrait pouvoir voler, dit Raum.

— C'est en effet la seule solution, répliqua Hagel d'un ton qui excluait la plaisanterie. A moins d'attendre que les rohfs renoncent à nous poursuivre, il faut passer par-dessus les galeries. Alors... »

Du menton, il désigna la broussaille. Passer dans ce fouillis était exclu, d'autant qu'il fallait atteindre la plage au plus vite.

« Que proposes-tu?

— Atteindre le sommet, et progresser d'arbre en arbre. »

En d'autres circonstances, l'audace de cette suggestion l'aurait condamnée. Mais on n'avait guère le choix, et on l'accepta sans faire remarquer qu'un tel mode de déplacement, outre le péril qu'il présentait, prendrait beaucoup de temps.

Ils se mirent à élaguer les plantes qui gênaient leur vision. Cela fait, ils examinèrent les plus basses branches. Sous eux, ils entendaient les rohfs attaquer les parois du tunnel de leurs griffes acérées.

La première branche accessible se trouvait à dix-huit mètres environ au-dessus de leurs têtes. Hagel déroula la corde qui ceignait sa poitrine, et la fixa à l'anneau d'un grappin à manche creux.

« Tu ne pourras jamais l'envoyer si loin, commenta Sverd. Comment veux-tu prendre ton élan? »

En guise de réponse, Hagel vissa un embout sur le canon de son fusil, introduisit une charge fusante dans le manche du grappin, une douille feuillée dans le magasin de l'arme.

« Sur quoi vas-tu prendre appui? » demanda Sverd, toujours sceptique.

Le recul de l'arme exigeait en effet qu'on cale la crosse dans la terre. Or, si on posait l'arme sur le toit de la galerie, on ne pourrait plus diriger le fusil dans la bonne direction.

« On s'appuiera sur mon épaule.

— Et ensuite, tu monteras avec un seul bras », ironisa Sverd.

Cependant il s'arc-bouta derrière le Runéen, tandis que celui-ci visait. Davith et Jarvis faisaient également poids derrière le colosse. Un vêtement replié protégeait son épaule du recul. Au moment de tirer, il tourna la tête et ferma les yeux.

Le grappin, projeté par l'explosion de la poudre, s'éleva en ligne droite, dépliant derrière lui quelque vingt et un mètres de corde souple et résistante. Le filin se tendit. Le nœud qui en maintenait l'autre extrémité à une branche était conçu de façon à se serrer davantage sous la traction. Mais ils craignirent un instant que la branche elle-même ne cédât, tandis que le grappin hésitait avant de tomber en décrivant un arc de cercle gracieux.

Réussi! Du premier coup. Le grappin avait passé de l'autre côté de la branche et oscillait comme un pendule. Hagel grimaça un sourire, pour cacher le rictus de douleur qui était apparu sur son visage au moment du recul de l'arme.

Ce fut Sverd qui, par égard envers l'épaule endolorie de son compagnon, tira sur la corde. Le grappin pénétra dans l'écorce tendre de la branche maîtresse. Sverd s'assura, par quelques vigoureuses tractions, qu'il ne se détacherait pas.

« A toi l'honneur! » dit-il à Jarvis.

Le Meerane n'avait pas changé d'avis : c'était toujours au jeune homme d'assumer la responsabilité des conditions précaires de leur fuite.

Jarvis avait l'habitude de se hisser aux cordages. Bien que le filin fût d'un diamètre un peu faible pour assurer une bonne prise, il s'éleva rapidement. Quand il eut atteint un certain niveau, Sverd donna du mou au cordage de façon que le grimpeur puisse s'aider en posant les pieds sur le tronc rugueux de l'arbre.

La branche maîtresse était de dimension impressionnante. S'y tenir debout ne présentait pas de difficulté. Prudemment, Jarvis inspecta les alentours. Les feuilles s'agitaient lentement, dans un doux chuchotis d'écailles de nacre. C'était tout. Le vacarme venait d'en bas, du lacis en apparence impénétrable où les animaux thalassiens et terriens avaient trouvé refuge. Ici, c'était le calme et le silence. Cela ne lui plaisait qu'à moitié : il avait appris à se méfier de la quiétude des paysages de Farnsel.

Une lumière onirique baignait un monde d'harmonie. Les cimes bruissaient doucement au moindre frémissement de l'air. Rien à voir avec le vacarme d'en bas, mélange de cris et de menaces, de chants et de sanglots. Le bruit, ici, appartenait au règne végétal.

Uriale, resplendissante dans la lumière dorée, humait les senteurs que dégageaient les troncs. Jarvis la contemplait. Elle était à sa place, ici. Lui-même se sentait plutôt mal à l'aise. Les hautes branches auraient dû grouiller de vie. Alors, pourquoi n'entendait-on aucun oiseau?

Hagel, insensible à l'aspect du lieu, se préparait à former un pont de corde pour atteindre l'arbre le plus proche. Le grappin se balançait majestueusement au bout du filin, tandis qu'il visait. Puis le mouvement s'accéléra. Le grappin tournoya, jaillit soudain, fila juste au-dessus d'une maîtresse branche d'un arbre situé à une quinzaine de mètres et pénétra le feuillage translucide.

Il y eut un fracas de verre brisé. Les feuillages explosaient, les éclats tombaient en un déluge de lumière, tandis qu'un frisson atroce parcourait l'écorce.

Hagel était tellement abasourdi qu'il ne songeait pas à tendre la corde. Il connaissait les fleurs de givre que les nuits glaciales font naître sur les haubans, diaphanes efflorescences qu'un souffle condamne. Mais il ne pensait pas trouver la même fragilité au faîte de tels colosses.

« Quel bruit! commenta Sverd, les ramenant tous à des questions pratiques. La prochaine fois, il faudra viser au plus juste et limiter les dégâts. Sinon on pourra suivre notre trace à l'oreille. »

Jarvis cherchait à comprendre ce qui s'était passé. Avisant un rameau à sa portée, il assena un coup violent du tranchant de sa lame sur une large feuille.

« Jarvis, non! » cria Uriale.

L'avertissement vint trop tard. La feuille frappée se brisa net. Alerté par le cri d'Uriale, Jarvis se jeta en arrière. La branche portant la feuille brisée battait l'air furieusement.

« Attention, prévint Uriale. Les coupures sont dangereuses. »

La branche, encore agitée de soubresauts, se calmait cependant. Sur la blessure de la feuille, un liséré rouge se formait. Du sang?

« Non, de la sève, expliqua Uriale. Pour nous, un danger mortel. Ces feuilles sont tranchantes et contiennent un venin virulent.

— Pourquoi ne pas l'avoir dit avant?

— D'en bas, je ne pouvais le savoir. Plusieurs espèces se ressemblent, et certaines sont inoffensives. Je n'ai compris qu'en voyant rougir les feuilles brisées par le grappin. Je ne pouvais prévoir ta réaction.

— Cela veut-il dire que ce chemin aussi nous est interdit?

— Non. Tant que nous restons hors de portée des lobes cassés, nous ne risquons rien. »

Tout en écoutant, Hagel mettait en place un tendeur qui permettrait de récupérer la corde une fois le dernier voyageur passé : une simple secousse suffirait. Uriale faisait grise mine en contemplant la petite pièce de métal à laquelle ils confiaient leur vie. Si elle venait à fonctionner prématurément, c'était la chute dans le taillis de ronces, à la merci de ses mystérieux habitants. Une expérience qu'elle n'était pas disposée à tenter.

Hagel s'assura une dernière fois de la tension de la corde et s'élança.

Pour un Meerane, franchir ce pont précaire ne posait aucun problème. Il s'agrippa à la corde et, d'un coup de rein, lança une jambe par-dessus. L'autre pendant dans le vide en guise de balancier. Il n'avait plus qu'à tirer sur ses bras pour se tracter.

L'un après l'autre, ils franchirent par le même moyen l'espace qui les séparait du but.

L'arbre blessé saignait, sa sève empoisonnée tombant en pluie lente sur les fourrés lointains.

Ce fut ensuite le tour de Tagner, puis des deux jeunes filles.

« A toi! ordonna Sverd à Ruder. Nous allons t'assurer si tu as peur de lâcher. »

Le Runéen hocha la tête. Il avait grimpé jusqu'ici sans rechigner, mais cet effort l'avait épuisé.

« Allons, un peu de cran », l'encouragea Jarvis.

Il n'eut que le temps de lire la haine dans le regard de Ruder, avant qu'il se ternisse à nouveau. Docile, le jeune Meerane s'approcha de la corde. A tout moment, il paraissait à la limite de la résistance. Et l'instant d'après, il repartait. D'où tirait-il cette énergie? Jarvis frissonna en repensant au regard qu'il lui avait lancé. Ils avaient fini par admettre la passivité de Ruder. Peut-être convenait-il de s'en méfier davantage. L'homme était d'une autre trempe que le mineur mort.

6

D'arbre en arbre, ils gagnèrent la limite entre la forêt côtière et la sylve profonde. La frontière en était tranchée. D'un côté, la splendeur des arbres siliceux. De l'autre, les troncs serrés, les ramures ombreuses. D'une part, les fourrés denses et hauts, royaume des worms. D'autre part, le taillis croissant avec peine dans la pénombre des hauts fûts. Les explosions n'avaient rien épargné. La sève empoisonnée ruisselait le long des troncs. Sur les buissons noircis pendaient des lambeaux de soie arrachés aux galeries des worms. Le cadavre d'un de ces géants bourdonnait de mouches.

Mais, plus que ce triste spectacle, la présence d'hommes armés désolait les voyageurs. Ils avaient cru que les marchands, se fiant au résultat de leur embuscade, ne prendraient pas la peine de surveiller les issues qu'ils avaient détruites. C'était une erreur : les marchands les attendaient de pied ferme.

Il y en avait partout, rôdant par petites troupes parmi les fûts.

« Que faire? » murmura Monya.

Deux mots qui résumaient leur situation. S'ils continuaient à progresser d'arbre en arbre, ils ne tarderaient pas à se faire repérer. A moins de poursuivre leur route aérienne à la faveur de la nuit. Impensable! Il leur fallait attendre l'obscurité pour se glisser au sol et tenter de passer. Cela signifiait une perte de temps supplémentaire.

« Sans compter que s'ils lancent leurs sales bêtes à nos trousses... grinça Davith.

— Je ne crois pas. Les rohfs ne connaissent que leur maître, et encore... Les lâcher ferait courir autant de risques aux marchands qu'à nous.

— C'est toujours ça, maugréa Sverd. En attendant, profitons-en pour prendre du repos, nous en avons besoin.

— Et nous en aurons encore plus besoin cette nuit », soupira Uriale.

C'était la première fois qu'elle laissait deviner sa lassitude. Jarvis regarda, attendri, le visage aminci de sa compagne, que marquaient deux cernes violets. Il se cala contre le tronc et l'invita à s'appuyer contre lui. La tête dans le creux de son épaule, elle s'endormit aussitôt. Jarvis se laissa lui aussi aller à une douce somnolence.

Hagel pestait contre les moustiques.

Le soir vint tard. Le jour n'en finissait plus de décliner au-dessus de la cime neigeuse des arbres translucides. Ournos jetait l'éclat orangé de ses derniers feux, embrasant le faîte de la forêt. Les feuilles vernissées réfractaient ses rayons, les décomposant en toutes les couleurs du prisme, dans une mouvante débauche de lumière. Au-dessous, la nuit prenait possession de la forêt. Deux univers se mêlaient : le jour et la nuit, l'angoisse somptueuse et l'espoir de l'ombre.

Quand les fugitifs estimèrent l'obscurité suffisante, ils se coulèrent le long du tronc. Ils progressaient le dos courbé, tendus à l'écoute des cris que les marchands échangeaient de groupe à groupe. La forêt résonnait de tous les frôlements, de tous les feulements qui font sa vie nocturne.

Dans cet univers de sons chuintants, les Meeranes tentaient de passer inaperçus, tâchant de deviner les groupes noyés par la nuit. A mesure qu'ils s'enfonçaient dans la forêt côtière, l'obscurité se faisait plus dense.

En une heure, ils n'avaient franchi que quelques centaines de mètres.

« Si nous continuons à ce rythme, souffla Sverd, nous n'atteindrons jamais la côte à temps.

— Espérons que l'*Aven-Flo* nous attendra », dit Uriale.

Malgré le chuchotement, la voix de Sverd se fit sévère :

« Un Meerane respecte la consigne quand il y va de la sécurité du clan! Cunan ne mettra pas l'*Aven-Flo* et la flottille en danger deux fois de suite. »

Jarvis ne disait rien. Il calculait, tout en reprenant haleine. Ils n'avaient plus que deux nuits pour gagner la plage. C'était possible. A condition de ne plus subir aucun retard.

Il siffla doucement entre ses dents pour donner le signal du départ. Ils se précipitèrent de fourré en fourré, faisant des efforts désespérés pour ne pas se perdre de vue. Par deux fois, une patrouille passa à proximité du massif où ils se dissimulaient.

Peu à peu l'obscurité fit place à une pénombre adoucie par la lueur laiteuse de millions de champignons phosphorescents. Enfouis dans le lichen qui couvrait les roches et les troncs, voire les basses branches, ils donnaient à la forêt un aspect irréel. Le halo des champignons ne suffisait pas à les éclairer, et ne risquait pas de dénoncer leur présence. Mais en soulignant les obstacles, en jetant une lueur, si pâle fût-elle, sur les embûches du chemin, il leur permit d'augmenter leur vitesse de façon appréciable.

Avant l'aube, ils se réfugièrent dans les branches d'un arbre au feuillage assez épais pour les soustraire aux regards indiscrets des marchands. Ils avaient parcouru la moitié de la distance. L'autre moitié serait plus facile à franchir, les marchands ne se doutant certainement pas qu'ils se trouvaient aussi loin de la forêt profonde.

Jarvis sommeillait quand Monya vint le secouer.

« Ruder m'inquiète. J'ai l'impression qu'il va craquer.

— Pour le moment il est tranquille, il s'en tirera.

— Justement, non, il n'est pas tranquille. Il nous suit comme une ombre, il n'est plus lui-même. Pourtant il lutte, parce qu'il sait que, s'il ne nous obéit pas, il mettra notre vie en danger. Mais cette lutte use ses dernières forces. Il est en train de la perdre! »

Jarvis glissa un regard méfiant vers Ruder, forme blanche tassée dans son coin. Le Runéen ne parlait pas depuis qu'ils avaient quitté la mine. Au début Monya parvenait à lui arracher quelques chuchotements, le soir, tandis qu'ils reposaient côte à côte. Mais bientôt Ruder s'était enfermé dans son silence, taisant sa détresse ou son ressentiment. Jarvis n'éprouvait pas pour lui la sollicitude de la jeune fille. Bien sûr, il tenait à sauver Ruder. Mais uniquement parce qu'il lui paraissait injuste d'avoir subi tant d'épreuves pour finalement échouer. A tout prendre, il préférait abandonner le Runéen à son sort plutôt que de risquer la sécurité d'un seul membre de l'équipage. Bien sûr, il n'en dit rien à Monya. Il se demandait quelle serait la réaction des Meeranes si Ruder compromettait leur sécurité.

Il devait la connaître le soir même.

Au moment de partir, Ruder qui, la veille encore, manifestait une docilité presque irritante, se refusa tout bonnement à descendre de l'arbre. Assis, prostré, il bredouillait en agitant frénétiquement sa tête. Il était livide, et la sueur coulait en ruisselets sur ses joues creuses. Il passait la langue sur ses lèvres sèches, craquelées, et il grelottait.

Hagel, au risque de le déséquilibrer, le releva brusquement en le saisissant au collet.

« Souviens-toi ce qui t'est arrivé quand tu as refusé de nous suivre », gronda-t-il.

D'une bourrade, il le poussa vers la corde qui pendait dans les branches. Ruder eut juste le temps de se rattraper. Il glissa au sol lourdement, dans un fracas de branches brisées.

Aussitôt les autres se figèrent sur place, aux aguets. Aucun mouvement suspect. Les marchands n'avaient nullement prêté attention à ce qui, pour eux, n'était qu'un bruit de plus dans la forêt.

« Encore un coup comme celui-là, et tu iras ramasser les nodules au fond de l'océan pour le reste de tes jours! » gronda Hagel.

Cet incident répondait à la question que Jarvis se posait la veille. Le colosse n'abandonnerait pas son neveu à Farnsel.

Ils reprirent leur avance saccadée. Jarvis surveillait Ruder, craignant une défaillance. Mais rien ne se passait. Le Runéen suivait, sans paraître avoir conscience de ce qui l'entourait. Une poussée sur l'épaule suffisait à le mettre en route, et il venait s'affaler dans le fourré, dans l'encoignure de rocher ou derrière le tronc mort où on l'attendait. Lorsque le groupe se déplaçait en rang serré pour parcourir une plus grande distance, il suffisait de l'agripper par la manche de sa chemise

déchirée pour qu'il accordât, docile, son pas
à l'allure du groupe.

Pourtant, Monya avait raison. On le devinait nerveux. Et si sa passivité avait endormi
la vigilance de ses compagnons, le réveil fut
brutal.

7

Dans la forêt de Farnsel vivait un animal
curieux, connu dans tout l'Archipel sud sous
le nom de triopte. De mœurs nocturnes, il
creusait des terriers et chassait de petites
proies. Il n'était pas, à proprement parler,
dangereux pour l'homme. Plutôt farouche, il
hésitait à attaquer, et, s'il le faisait, on pouvait en principe le maîtriser rapidement.
Néanmoins le nombre de ses victimes était
élevé. A cela, il y avait une raison précise;
son aspect : une face aplatie, une langue tri-
fide pendant entre deux rangées de dents
aiguës, trois yeux phosphorescents... On ne
comptait plus les chasseurs qui, frappés de
stupeur, avaient eu trop tardivement le
réflexe de faire feu et avaient payé de leur
vie cette hésitation.

Tout d'abord ce ne fut qu'un sifflement
dans un fourré, puis une forme trapue s'agita
et deux prunelles brillèrent. Le pouls des hommes s'accéléra, les doigts se crispèrent sur
les armes. Alors le troisième œil s'ouvrit. Une

lueur mauvaise, rougeâtre, y dansait. Ce que percevait cet œil sans pupille, ce n'était pas la lumière falote des champignons, mais la chaleur de la proie. Cette chaleur qui augmentait sous l'effet de l'émotion provoquée par une telle apparition. Ce que percevait cet œil mauvais, c'était, tout simplement, la peur qu'il inspirait.

« Ne tirez pas! » souffla Sverd reprenant ses esprits.

Jarvis serrait les doigts sur le manche poli de son coutelas.

L'animal, indécis, sentait la proie toute proche, mais incapable de distinguer les individus, il hésitait entre l'attaque ou la fuite. La chaleur dégagée par le groupe le déconcertait, sans doute; il n'avait pas l'habitude d'adversaires aussi imposants. Sous le regard fixe de l'œil rouge, les prunelles sensibles à la lumière clignaient. Elles ne parvenaient pas à cerner le contour de l'être multiple proposé à son appétit. La froide lumière du sous-bois était insuffisante pour la rétine peu sensible du monstre. Car cet animal qui tirait sa fascination de ses yeux était presque aveugle.

Il fit un mouvement timide vers les hommes, et Jarvis dégaina prestement son coutelas. Quelques culasses jouèrent.

L'animal recula, refit un pas en avant, se déroba encore, revint à la charge : il essayait d'intimider son adversaire, de l'inciter à fuir pour se précipiter à sa suite. Jarvis respira plus librement : devant l'échec de sa manœuvre, le fauve n'insisterait pas, préférant la fuite à une bataille dont il ignorait l'issue.

Alors Ruder, dans un cri, se dressa. Avant qu'on n'ait pu le retenir, il s'enfuit, proférant d'une voix aiguë des phrases incohérentes où il était question de la mine.

Jarvis n'eut aucun mal à le rattraper. Ruder se débattit en criant; bien que la drogue eût usé ses forces, il offrait une résistance accrue par une nervosité maladive.

Jarvis n'avait pas eu le temps de rengainer son arme. L'envie le prit soudain de mettre fin aux vociférations de celui qui, une fois de plus, compromettait leur sécurité. Il frappa à la volée, de son poing fermé autour du manche.

Ruder, atteint à la joue, recula en titubant.

Un coup de feu claqua.

Aussitôt Jarvis se jeta à terre, tombant lourdement sur Ruder, autant pour amortir sa propre chute que pour maintenir le Runéen au sol.

D'autres détonations retentirent. Derrière eux, cette fois : les Meeranes tiraient pour détourner l'attention des patrouilles. Le stratagème réussit. Les doigts de lumière fouillèrent plus loin, tandis que, dans l'obscurité, Jarvis relevait Ruder.

« Viens, il faut les rejoindre. »

Le Runéen s'accrocha à lui :

« Non, laisse-moi. Il faut que je retourne à la mine.

— Pas question! Nous sommes presque arrivés à la côte. Résiste!

— J'ai essayé. Je te le dis : j'ai essayé. Mais

c'est plus fort que moi. J'ai besoin des fleurs.

— Tu n'en as pas besoin. Je te crois quand tu dis que tu as lutté. Cela prouve que tu n'en as pas besoin. Tiens le coup encore cette nuit. Demain matin, l'*Aven-Flo* vient nous chercher. Tiens jusque-là.

— A quoi bon? Après...

— Pense à ceux qui sont restés. Il faut tenir pour eux. Il faut témoigner.

— Je... Je vais essayer. J'ai eu peur tout à l'heure. Je ne savais plus ce que je faisais.

— Viens! »

Le dos courbé, ils se précipitèrent vers leurs compagnons. Le feu se fit plus nourri derrière eux. Trop imprécis cependant pour les inquiéter.

Hors d'haleine, ils rejoignirent la petite troupe.

« Le triopte? demanda Jarvis dans un souffle.

— Parti. Les cris de ces énergumènes l'ont effrayé, maugréa Hagel en désignant son neveu.

— Filons! »

Les projecteurs fouillaient les feuilles au-dessus d'eux.

« Séparons-nous, dit Sverd. Rendez-vous à l'*Aven-Flo*. »

Deux groupes se formèrent spontanément. Sverd, Jarvis, Uriale et Davith partirent sur la gauche, tandis que les autres se repliaient vers la côte.

Avant de partir, Hagel jeta quelques cartouches sur un nid de feuilles sèches, qu'il embrasa. Les cartouches, en explosant, pouvaient donner l'illusion d'un feu nourri. Cela ne retiendrait pas les marchands, mais les attirerait en un point précis. Et, peut-être, couvrirait le bruit de leur fuite.

Il était périlleux de courir, la nuit, dans la forêt de Farnsel. La faible clarté des champignons n'éclairait pas suffisamment le chemin. Les joues fouettées par les branches, les jambes entravées par les ronces, les fugitifs se précipitaient droit devant eux, attentifs à ne pas se perdre de vue, anxieux à l'idée de tomber sur un groupe armé.

Ils n'osaient pas utiliser leur lampe, de peur de révéler leur présence à l'ennemi. Ils payèrent de nombreuses chutes leur prudence.

La fusillade continuait, loin derrière eux. Peu nourrie : les marchands tiraient sans conviction, au jugé.

Au bout d'un quart d'heure de course dans ce terrain difficile, ils s'arrêtèrent, essoufflés.

« Sais-tu que nous nous éloignons de la plage où l'*Aven-Flo* doit nous rejoindre? dit Jarvis à Sverd qui, oubliant tout principe, avait pris la direction des opérations.

— Espérons qu'il nous attendra, dit Uriale.

— Si nous arrivons en retard au rendez-vous, nous pourrons remplacer Ruder à la mine! coupa le Meerane.

— Taisez-vous! » chuchota Jarvis.

Quelque chose approchait. Pas un animal : trop bruyant. Il ne s'agissait pas non plus d'un homme seul.

« Une patrouille! »

Ils se plaquèrent au sol. Les marchands venaient droit sur eux. Les fugitifs reculèrent en rampant. Lentement, prudemment. S'arrêtant chaque fois qu'une feuille froissée bruissait. Il était trop tard pour prendre la fuite, et les buissons les protégeaient mal.

Enfin, ils distinguèrent le danger. Trois lanternes se balançaient dans la pénombre. Trois lanternes serrées : ceux qui les tenaient avaient peur. Leur faisceau fouillait les broussailles à hauteur d'homme, timidement, comme par crainte d'y trouver quelque chose.

Trois seulement! La victoire serait aisée. Les marchands les renseigneraient sur la gravité de la situation.

Quand les trois hommes arrivèrent à la hauteur de Sverd, celui-ci gronda d'une voix sourde :

« Lâchez vos armes, ne bougez plus! »

L'effet fut instantané. La patrouille, pétrifiée, se figea sur place.

« N'opposez pas de résistance, vous êtes cernés », ajouta le Meerane.

Inutilement. Les armes tombaient déjà. D'un bond, Jarvis fut sur les marchands et en délesta un de sa lanterne. Il éclaira les visages décomposés par la frayeur. Les prisonniers n'avaient pas la mine fière des marchands de Najade. Bien plutôt, il s'agissait d'hommes de main recrutés au hasard des infortunes.

Davith le rejoignit.

« Eh bien, siffla-t-il entre ses dents, si

c'est tout ce qu'ils ont trouvé pour nous poursuivre... »

Il se laissait tromper par le teint hâve et les joues creuses des mercenaires. Jarvis connaissait ce genre d'hommes. Des bûcherons usés par les fièvres, des marins jetés sur la côte par le besoin d'alcool, des colons ruinés, des prospecteurs déçus de n'avoir trouvé que la poussière pour brûler leurs poumons. Individuellement, des épaves. Mais le nombre et la peur faisaient leur force. Prompts à trahir pour se sauver, ils savaient être impitoyables s'ils se sentaient en nombre, retournant toute la vindicte de leur faillite contre le gibier qu'on leur avait désigné.

« Combien êtes-vous? » demanda Jarvis.

L'homme à qui il s'adressait glissa un regard furtif vers ses compagnons. Jarvis l'aveugla en dirigeant le rayon de la lanterne sur lui.

« Combien?

— Une soixantaine, de ce côté de la forêt », balbutia l'autre.

Sverd et Jarvis se regardèrent, consternés. Soixante mercenaires se concentrant dans le petit périmètre où on les avait localisés ne pouvaient les manquer.

« Où? »

Le mercenaire haussa les épaules. Sans baisser les bras, il fit un geste vague désignant les alentours.

« Où? insista Jarvis.

— Un peu partout. Par petits groupes.

— Où alliez-vous?

— Nous rejoignions le gros de la troupe.

— Vous savez donc où il est?

— Ils se concentrent du côté de la rivière. Nous étions à l'extrême bord du périmètre de recherche.

— Que faisiez-vous?

— Reconnaissance. »

Jarvis se tut. Il réfléchissait. Les marchands avaient repéré leur point de départ. S'ils connaissaient bien la côte, ils avaient deviné sans peine que les Meeranes utiliseraient le lit de la rivière pour débarquer.

« Très bien, dit Jarvis, abruptement, vous pouvez filer. »

Le mercenaire le contempla, comme s'il ne pouvait croire à cette mansuétude. Puis, il hocha la tête :

« Non, supplia-t-il, non! »

Il refusait de tourner le dos aux Meeranes, craignant quelque traîtrise.

« Décampez! » rugit Sverd.

Cette fois, ils n'hésitèrent pas. Avec un grand froissement de palmes, ils s'évanouirent dans la nuit.

« J'espère que tu sais ce que tu fais, dit Sverd quand ils furent assez loin. Ces chiens de garde vont rabattre toute la meute sur nous.

— C'est précisément ce que je veux. Nous aurons une chance de nous en sortir s'ils se dirigent tous sur un endroit précis. Tandis que s'ils forment un cordon à la limite de la plage et de la forêt, ils nous couperont la retraite. Ils sont assez nombreux pour cela. »

CHAPITRE V

AU RENDEZ-VOUS DE L'*AVEN-FLO*

1

D ANS l'obscurité complice, quatre ombres se dissimulaient. Les mercenaires des marchands déployaient une grande activité, mais la nuit soustrayait les fuyards aux recherches.

Le stratagème de Jarvis semblait réussir. Au lieu de continuer à s'éloigner de la plage, ils avaient emboîté le pas aux mercenaires. Pressés d'atteindre l'endroit où les Meeranes avaient tendu leur embuscade, ceux-ci n'avaient pas fait preuve d'une grande vigilance.

Seule une arrière-garde coupait la route. S'en défaire en silence était exclu, car elle comptait cinq hommes. Rongeant leur frein, les fugitifs tapis à l'ombre des énormes racines attendaient que les mercenaires rejoignent leurs congénères.

L'explosion qui troubla le silence de la nuit décida enfin les mercenaires à presser l'allure.

« Qu'est-ce que c'est encore? chuchota Uriale. Cela venait du côté de leurs avantpostes.

— Normalement, Hagel se trouve à l'opposé, ajouta Davith.

— Nos prisonniers ont menti! ricana Jarvis. En fait de reconnaissance, ils posaient des pièges. Une grenade dégoupillée, en équilibre sur une branche, par exemple. Un animal a dû tout faire sauter.

— Et s'ils en avaient mis de ce côté aussi?

— Je ne le pense pas. Ils sont trop nombreux dans le coin. En l'absence de points de repère précis, il faut supposer qu'ils ne risqueraient pas ainsi leur vie.

— Autrement dit, il vaut mieux éviter le lit de la rivière, grommela Sverd.

— C'est en effet le seul repère commode. De toute façon, il doit être surveillé. Tous ne sont pas à nos trousses. »

Comme pour lui donner raison, une fusillade éclata dans le lointain, de l'autre côté de la rivière.

« Cette fois, pas de doute, souffla Davith. C'est le groupe de Hagel. »

Une puissante déflagration ébranla l'air.

« Il lui restait de la dynamite », constata Sverd.

Le Runéen avait sans doute fait mouche, car un long silence suivit. Puis les détonations résonnèrent à nouveau.

« Pourvu qu'il ait pu décrocher, dit Sverd, tendu.

— On y va? demanda Davith.

— Pas question! dit Sverd. Il est trop tard. L'aube doit déjà enflammer les crêtes des vagues.

— Filons d'ici; ce concert va rameuter les mercenaires sur nous, précisa Jarvis. Et puis, Sverd a raison. Le jour n'est plus loin. »

Il n'ajouta pas, mais tous avaient compris, que, si Hagel s'était laissé encercler, il était inutile de chercher à le secourir. Car ils n'auraient plus le temps de regagner la plage ensuite.

Eux-mêmes n'étaient pas en si bonne posture. Très vite ils s'aperçurent qu'ils avaient mal évalué la distance qui les séparait du but. Ou bien, leurs jambes alourdies de fatigue ne les portaient pas aussi rapidement qu'ils l'eussent voulu. Quoi qu'il en fût, le temps passait, et ils ne distinguaient toujours pas à travers le fouillis de troncs la lueur incertaine de l'aube.

2

Avec précaution Jarvis écarta les palmes.

Ournos était déjà haut. Bien trop haut sur l'horizon.

La plage était déserte, l'horizon désespérément vide : ils avaient manqué le rendez-vous.

« J'espère que les autres ont eu plus de chance que nous », soupira Sverd.

Contre toute raison, contre tout espoir, ils scrutaient la mer. Et la mer roulait, indifférente, le gravier de la plage. S'ils n'osaient pas se poser mutuellement la question, tous se demandaient quelle conduite tenir.

« Nous n'avons plus de provisions, dit enfin Jarvis.

— Mais nous sommes encore libres, répliqua Sverd.

— La forêt pourra nous nourrir », surenchérit Uriale.

Oui, mais combien de temps tiendraient-ils, traqués, par les hommes d'abord, puis par la forêt elle-même? De toute façon, il valait mieux ne pas rester à découvert. Ils s'enfoncèrent à nouveau dans la forêt.

Soudain, Uriale fit signe de s'arrêter.

« Il y a quelqu'un là-bas », souffla-t-elle en désignant un épais fourré, à mi-pente d'un muret rocheux.

Jarvis cligna des yeux, sans rien distinguer à travers le feuillage; ses compagnons n'en voyaient pas davantage. Toutefois, ils se dissimulaient avec soin. Jarvis lui-même s'était tapi derrière une souche.

« En es-tu sûre? chuchota Jarvis.

— Oui. A cette heure-ci, un buisson de silumes devrait crouler sous les fleurs. Or les corolles sont restées fermées, signe qu'il est dérangé par quelque chose.

— Des humains?

— Peut-être.

— Alors ce sont les nôtres, dit Sverd. Sinon les hommes embusqués là auraient pu nous tirer dessus avant que nous ayons eu le temps de nous cacher. »

Comme pour faire écho à ses paroles, un couinement plaintif s'éleva du buisson, imitation parfaite d'un cri de folge. Or ces oiseaux, c'est notoire, ne nichent pas dans les arbres. Il s'agissait donc d'un signal.

Un à un, en courbant le dos, bien que ce ne fût pas nécessaire, ils gagnèrent l'abri. Le fourré dissimulait une petite excavation où ils purent s'entasser. La cachette était bonne : le rocher, formant surplomb, prévenait toute attaque de l'arrière.

En quelques mots, Hagel raconta ce qui leur était arrivé. Les coups de feu provenaient bien d'une escarmouche qui les avait opposés aux mercenaires.

« Nous avons entendu l'explosion de la grenade, et nous avons cru que vous vous étiez fait repérer. Mais il était tard, et nous marchions dans une région relativement dense. Nous n'avons guère hésité : nous avons mis le cap sur la plage. Or, nous n'étions pas les seuls à penser qu'il se passait quelque chose à l'est. Un groupe de mercenaires s'est dirigé dans cette direction et nous est littéralement tombé dessus. »

Cependant, ils avaient pu décrocher à la

faveur de l'obscurité, après que Hagel eut jeté
le trouble parmi les assaillants avec un bâton
de dynamite. L'épaisseur du taillis avait couvert leur fuite. Ils avaient rapidement semé
les mercenaires. Moins éloignés de la côte que
leurs compagnons, ils avaient atteint la
lisière à l'aube.

« Mais sans doute sommes-nous arrivés
trop tard. Cunan avait dit à la pointe de l'aube,
et Ournos brillait déjà quand nous sommes
arrivés. Nous nous sommes repliés, et, par
chance, avons trouvé cette cachette.

— Vous comptiez y rester longtemps? ironisa Sverd.

— Nous vous attendions.

— Vous saviez donc que nous aussi étions
coincés dans l'île?

— Si vous aviez rejoint l'*Aven-Flo* à temps,
sachant où nous étions, vous ne nous auriez
pas abandonnés. »

Le silence retomba sur le groupe.

Prostré, Ruder avait posé sa tête sur les
genoux de Monya; les yeux grands ouverts,
il semblait dormir. Les autres n'avaient pas
fière allure non plus : ils étaient sales, ils
étaient épuisés, ils commençaient à ressentir
douloureusement la faim. Des cernes pro-
fonds marquaient leurs yeux sans sommeil.
Jarvis frotta pensivement sa joue envahie par
la barbe. Combien de temps, avant que le
désespoir ne les pousse à se rendre?

« Je sais ce que nous allons faire, dit soudain Hagel. Inutile de nous bercer d'illusions.
Nous sommes pris comme des poissons dans

un chalut. Il ne reste donc que deux solutions. Nous constituer prisonniers. Ou remonter là-haut et détruire leur damnée installation.

— Il te reste de la dynamite? demanda Sverd, sans enthousiasme.

— Un peu. Pas suffisamment pour faire sauter les galeries. Mais leur tapis roulant en prendra un sacré coup. Et nous pourrons mettre le feu à leurs plantes abjectes. »

Le Runéen s'enflammait.

« Que pensez-vous de cela?

— Il fallait le faire avant, laissa tomber Jarvis. Nous n'arriverons pas là-haut une deuxième fois, sans vivres et avec les mercenaires sur le dos. »

Le coup d'œil que lui lança Hagel était dénué d'aménité.

« Les fils des vagues ne se rendent pas, gronda Hagel. Si tu as peur...

— Si j'avais eu peur, je ne serais pas là. »

Les deux hommes se mesuraient du regard, prêts, semblait-il, à en venir aux mains.

« As-tu autre chose à proposer? le défia Hagel.

— Peut-être. Mais avant, il faut dormir. Nous avons tous besoin de repos, et vous avez trouvé l'endroit idéal pour se cacher — ou pour soutenir un siège si nos ennemis sont aussi observateurs qu'Uriale. »

Cette réponse ne satisfaisait pas Hagel.

« Peut-on savoir? Ou est-ce un autre secret du grand Jarvis de Hélan? demanda-t-il, sarcastique.

— Je n'ai pas de secret pour mes amis, répliqua Jarvis sur le même ton. Je pense que la première chose à faire est de se procurer des vivres. Nos sacs sont plats, et bientôt nous n'aurons plus d'eau. Or il y a une réserve à proximité.

— Les mercenaires! approuva Sverd.

— Exactement. Ceux que nous avons aperçus n'emportaient rien. Il doit donc exister, quelque part dans cette jungle, un dépôt où ils viennent se ravitailler. Je suggère un raid.

— Et après? demanda Hagel dont la colère tombait aussi brusquement qu'elle s'était enflée.

— Ensuite, nous voterons. Ou bien nous remontons à la mine, comme tu le proposais. Ou bien...

— Ou bien? s'impatienta le Runéen.

— Je n'arrive pas à croire à l'abandon de Cunan. Peut-être est-il arrivé quelque chose à l'*Aven-Flo*. Mais pas à la flotte entière, tout de même. Plutôt que nous laisser croupir ici, il tentera une action désespérée.

— C'est-à-dire? » demanda Sverd, sur ses gardes.

Il n'aimait pas qu'on soupçonne son second d'imprudence.

« Qu'aurais-tu fait, toi? »

Le Runéen parut embarrassé par la question.

« Je n'y ai pas seulement songé, avoua-t-il. Cunan ne peut amener la flotte entière sur cette côte. S'il l'engage dans une action de force, ce ne saurait être que vers le port. Un blocus, par exemple.

— Avec toute la flotte marchande interdisant l'accès du comptoir? Ne crois-tu pas qu'il préférerait une action discrète? »

Les Meeranes, dont la réputation de *raiders* n'était plus à faire, répugnaient à admettre leur goût pour les coups de main, les ruses et les marchandages. Cela évoquait trop la piraterie, et ils rejetaient avec véhémence tous les reproches injustifiés qu'on leur portait à cet égard. Pourtant Sverd dut admettre que son hypothèse contredisait à la fois les habitudes stratégiques des fils des vagues et la prudence de Cunan.

Abandonnant l'idée d'un blocus, il finit par admettre celle d'une opération limitée, qui se solderait par la disparition de quelques marchands, choisis parmi les notables, en vue d'un échange.

« Autrement dit, nous aurions intérêt à regagner le port.

— Et à nous rendre? grommela Hagel.

— Oui. Mais aux marchands, et pas à leurs mercenaires.

— C'est risqué, murmura Uriale. Si vous vous trompez...

— Depuis le début, nous devons naviguer à l'estime, en tâchant de deviner les coups de l'adversaire. »

Uriale se retint de dire que, précisément, c'était cela qui l'inquiétait. Car, dans cette expédition, rien n'avait été conforme à leurs prévisions. Il n'y avait aucune raison pour que cela changeât.

3

Ils attendirent l'heure où l'attention des mercenaires, lassée des recherches infructueuses, se relâcherait. Ils se glissèrent alors hors de leur cachette. Les membres de cette première expédition avaient été tirés au sort : Jarvis, Sverd, Hagel et Monya avaient été désignés. Seule, peut-être, la cartographe n'avait pas triché.

Ils se dirigèrent vers la rivière. Par élimination, ils avaient déterminé l'implantation probable du camp de base des mercenaires : il devait se trouver à proximité à la fois de la rivière, dispensatrice d'eau douce, et de la plage, par où il était facile de le ravitailler.

Afin de prendre les sentinelles à revers, ils gagnèrent l'orée de la forêt et la longèrent pour gagner le lit de la rivière. Leur plan était d'en remonter le cours jusqu'au camp des mercenaires, qu'ils espéraient repérable. Ils n'avaient guère le choix qu'entre cet optimisme exagéré et le désespoir : ils venaient de se partager, avant de partir, tout ce qui constituait le maigre reste de leurs provisions sans que cela calmât, ne fût-ce qu'une heure, la faim qui les tenaillait.

Ils touchaient au but quand l'éclat de Nérée, qu'assombrissaient les nuages, éclaira un bref instant la surface de l'océan. Le cœur de Jarvis fit un bond. A la faveur de cette éclaircie, il venait d'apercevoir la silhouette d'un bateau. Une silhouette qu'il reconnaîtrait entre toutes : la voilure de l'*Aven-Flo*.

« Compris, souffla Hagel quand Jarvis lui eut montré le bateau. Tu restes là avec Monya, nous allons chercher les autres.

— Il vaut mieux que Monya parte avec toi, répondit Jarvis. Au cas où Ruder refuserait au dernier moment de vous suivre. Sverd restera. »

Aussitôt, les deux Runéens s'enfoncèrent dans la forêt, tandis que Sverd et Jarvis prenaient position pour surveiller la plage.

Contrairement à leur attente, celle-ci n'était apparemment pas gardée. La végétation avançait parfois jusqu'au jusant, découpant la plage en plusieurs secteurs, et rendant difficile la surveillance. Cependant on aurait pu s'attendre à des patrouilles, surtout à proximité de la passe. Mais tout se passait comme si les mercenaires évitaient soigneusement cet endroit. A moins qu'embusqués à la lisière, ils n'attendissent que les fugitifs s'engagent en terrain découvert pour les clouer sur place. Pour parer à cette éventualité, Sverd et Jarvis entreprirent l'exploration systématique du secteur.

Quand ils eurent repéré quelques emplacements d'où l'on découvrait particulièrement bien la passe sans voir l'ombre d'une sentinelle, ils en vinrent à penser que leur première impression était bonne : les mercenaires évitaient la plage.

« Peut-être pensent-ils que nous n'avons

pas pu l'atteindre, dit Sverd sans conviction.

— Je n'aime pas cela. Ils s'y prennent trop mal, dit Jarvis. Comme s'ils croyaient qu'on ne puisse pas leur échapper.

— Eh bien, ils se trompent! »

Jarvis ne répondit pas. La tactique des marchands avait consisté à attendre que Farnsel se débarrasse des intrus. Ce n'est que tardivement qu'ils avaient envoyé leurs hommes. Et ceux-ci se comportaient avec la même négligence. Or marchands et mercenaires connaissaient tous les pièges de l'île.

Eux, pas.

4

Le râle plaintif d'un folge s'éleva de la forêt. Ournos embrasait la mer.

« Les voilà, dit Sverd.

— Allons-y. Ils nous rejoindront quand ils nous verront sur la plage », décida Jarvis.

Sur l'*Aven-Flo*, on amenait les voiles. Le navire n'était plus qu'à quelques encablures de la grève. Il ne pouvait s'avancer davantage. Si, lors du débarquement, il avait pu s'approcher autant de la plage, c'était en raison de la hauteur des eaux, importante en ces temps de grande marée. Mais aujourd'hui, il abordait la côte à marée descendante.

Malgré ses paroles décidées, Jarvis ne se résolvait pas à avancer sur le sable. Quelques rochers çà et là ne constituaient pas un abri suffisant en cas de piège tendu par les mercenaires.

Il s'élança pourtant, pour se jeter derrière un rocher bas. Un bien piètre abri, qui ne le protégeait que sur un flanc; quand il eut repris sa respiration il partit de nouveau, en une course rapide, jusqu'au plus proche refuge. Sverd le suivait. Sur la droite, leurs compagnons sortaient de la forêt, adoptant la même tactique. Il eut le temps de voir Hagel traînant Ruder par la main, dans un geste à la fois pathétique et ridicule. Les marchands ne se manifestaient toujours pas.

Embusqué derrière un rocher prismatique dressé sur la grève comme le socle enlisé de quelque divinité de la mer, Jarvis surveillait la progression de ses compagnons. Il souhaitait, et redoutait en même temps, qu'éclate la fusillade. Cela serait moins inquiétant que l'absence de tout gardien.

L'idée lui vint alors que la plage était minée. Une sueur froide couvrit son dos. Il restait là, à contempler le sloop, sans oser se précipiter vers lui.

Tous s'étaient tapis à l'ombre d'un précaire abri, cherchant à deviner la raison de ce brusque arrêt.

D'un geste énervé, Jarvis ramena la mèche qui tombait sur ses yeux. Ses cheveux étaient trempés, sa paume moite, son front ruisselant. Pourtant, il le savait, il n'avait qu'une chose à faire pour se débarrasser de cette obsession. Autrefois, quand il n'était qu'un petit garçon, il éprouvait une indicible répulsion pour les araignées. Algaric le Solitaire, son maître, avait beau lui expliquer que cette frayeur était sans commune mesure avec le mal que pouvait, éventuellement, lui faire l'animal, il ne parvenait pas à se raisonner. Jusqu'au jour où, par bravade envers lui-même, il s'était imposé la terrible épreuve de prendre en main cet animal tant redouté. Le cœur au bord des lèvres, il avait laissé courir sur son avant-bras le malheureux animal, sans doute tout aussi effrayé que lui. Depuis, il n'avait jamais plus ressenti de peur à la vue d'une araignée. Et, souvent, il avait recommencé l'expérience, en des circonstances plus tragiques. Il devait s'y résoudre aujourd'hui

Il calcula la distance, prit son élan...

Sur le pont de l'*Aven-Flo*, Cunan épaulait son arme. D'un bond, Jarvis se retourna. Car ce que le Meerane visait se trouvait sur sa gauche, derrière lui.

Bondissant silencieusement sur le sable fin, deux rohfs se précipitaient, gueule ouverte.

5

Qui donc avait prétendu qu'on ne risquait rien d'eux? Sans doute les deux fauves appartenaient-ils au groupe que les mercenaires avaient lâché dans la galerie du worm. Ayant trouvé une issue, ils s'étaient précipités à la suite de leur proie.

Jarvis tira, par deux fois, sans épauler. Un petit jet de sable marqua les impacts. Les rohfs se mirent alors à zigzaguer avec une incroyable souplesse : ils avaient l'habitude d'être chassés et connaissaient parfaitement l'art de l'esquive.

Soudain, arrondissant l'échine, battant l'air de sa queue écailleuse, l'un des rohfs fit un bond impressionnant. Il poussa un cri de rage, et d'agonie. L'autre s'arrêta net, le regardant, sans comprendre, tomber en se tordant sur le sol.

Une vague de sable submergea la dépouille du rohf blessé à mort.

Le second animal, paralysé, épiait une manifestation du mystérieux ennemi qui avait tué son compagnon. Jarvis épaula, visa soigneusement... Atteint à l'œil, l'animal laboura le sable de ses griffes puissantes. Une deuxième balle, ricochant sur l'os du crâne, dessina une entaille sanglante sur sa face aplatie. Ecumant, le rohf se dirigea d'un pas lourd vers Jarvis, à peine distant d'une trentaine de mètres. A ce moment, le Hélanite aurait tout donné pour sentir dans ses doigts le contact lisse d'un harpon à korq. Avec cette arme, il aurait pu contenir la fureur du rohf blessé. Tandis qu'un fusil, contre un animal aux os si épais qu'il fallait viser l'œil ou la gorge pour lui porter un coup mortel... Il tira à nouveau, cependant. Mais cette fois le rohf ne se laissa pas surprendre. Un brusque écart, et il se trouvait hors du feu de Jarvis quand celui-ci pressa la détente. Pourtant cette esquive lui fut fatale. Trébuchant sur l'amas d'algues sèches qui marquait la limite au-delà de laquelle l'océan le cédait à la terre, le rohf affaibli roula sur lui-même. Quand il retrouva enfin son équilibre, il faisait face à l'étrange créature qui avait englouti son compagnon.

Un tronc épais, flexible, sorte de gigantesque serpent à la peau scrofuleuse se terminait par cinq doigts en étoile, avidement écartés. Au centre, une pointe noire, luisante, dardait vers le rohf. La corolle meurtrière, dont le diamètre atteignait bien deux mètres, se balançait doucement au-dessus du fauve décontenancé.

Bien qu'apparemment dépourvue d'yeux, la créature semblait chercher avec soin l'endroit où enfoncer son ergot. A quelque distance, un monstre identique surgit hors du sable avec lequel il se confondait parfaitement l'instant d'avant et rampa lentement vers les deux adversaires.

La première créature repéra l'intrus et lui fit face. Les deux corolles s'empoignèrent. Les corps se tordaient, secouant le sable qui les recouvrait. Jarvis nota que les deux monstres mesuraient une bonne dizaine de mètres, et que l'extrémité opposée à la corolle, solidement ancrée dans le sol, ne bougeait pas. L'animal ne jouissait donc que d'une autonomie limitée.

Le rohf, profitant de la lutte que sa présence avait fait naître. se coula hors de portée des monstres. Avec une exaspérante ténacité, il se dirigea vers Jarvis. Il ne fit guère que quelques pas avant de connaître le sort de son congénère.

6

Les mercenaires n'avaient pas eu besoin de miner la plage. La présence des serpents de sable expliquait leur manque de vigilance : les Meeranes avaient peu de chances de fuir.

Et pourtant, ils avaient bien franchi cette zone périlleuse lors de leur débarquement! Un moment submergé de désespoir, Jarvis se reprit : on devait pouvoir passer. D'ailleurs, ils avaient déjà gagné le milieu de la plage sans subir de dommage, et les rohfs avaient parcouru une bonne distance avant d'être terrassés.

Il regarda l'endroit présumé où les animaux avaient disparu, avalés par l'étrange forme de vie qui faisait régner la terreur sur cette plage. Il ne distingua rien. Les deux monstres, ayant cessé leur lutte fratricide, s'enfouirent précipitamment, et la grève reprit son aspect habituel. Jarvis porta son regard plus loin, cherchant à deviner les obscures présences dissimulées entre la mer et lui. Il distingua la pointe acérée de quelques dards dépassant du sable durci par l'humidité, mais sans doute y avait-il plus de corolles que celles qui se laissaient repérer. Comment avaient-ils pu échapper jusqu'à présent à ce traquenard?

Le noir bandeau d'algues échouées semblait le narguer. De l'autre côté, c'était déjà le domaine des vagues, l'empire des Meeranes. Mais c'était aussi la mort.

De l'autre côté! Voilà pourquoi ils avaient pu franchir une aussi grande distance sans rencontrer d'obstacles; pourquoi les rohfs s'étaient approchés aussi près avant de se heurter aux serpents de sable : tant qu'on se maintenait en deçà du jusant, là où les vagues ne montent jamais, on ne risquait pas grand-chose. Car les meurtrières créatures s'enterraient dans ce sable dur périodiquement recouvert par les flots.

Cela expliquait aussi pourquoi, à l'aller, ils avaient ignoré ce danger : portés par une marée d'une exceptionnelle intensité, ils avaient mis pied à terre à la limite extrême où montaient les vagues, évitant ainsi la zone dangereuse.

Pour passer à nouveau, ils n'avaient qu'une chose à faire : gagner l'*Aven-Flo* à la nage, en empruntant d'abord le lit de la rivière.

Pourvu que le débit en fût assez important!

7

De proche en proche, Jarvis transmit son idée. Tous avaient assisté à la capture des rohfs et n'éprouvaient guère d'enthousiasme à la perspective de devoir franchir l'obstacle. Après tout, le plan de Jarvis reposait sur l'hypothèse, nullement vérifiée, que les serpents de sable ne sévissaient pas dans l'eau.

Mais à défaut d'autres propositions, ils durent se ranger à son avis.

Jarvis partit le premier. Ils avaient décidé en effet de se mettre à l'eau un par un, par mesure de prudence. En attendant, tout le groupe avait trouvé refuge le long d'un rocher plat, affleurant le sable pulvérulent. Malgré l'absence des mercenaires, ils se tenaient sur leurs gardes. L'avenir devait leur donner raison.

Sur le pont du sloop un éclair brilla et un roulement de tonnerre fut porté par le vent du large, tandis qu'une gerbe d'eau, de sable et de feuilles fut soulevée à l'orée de la forêt, là où la rivière s'engageait sous les frondaisons.

On entendit des cris de dépits, des râles. Des coups de feu claquèrent.

« Jarvis avait raison, dit Sverd. La seule issue praticable est la rivière. Et c'est aussi le seul chemin qu'ils gardent. »

De l'*Aven-Flo*, pourvu du seul mortier de la flotte roodéenne, Cunan poursuivait son pilonnage. Tout en se louant de l'heureuse initiative de son second, Sverd ne pouvait s'empêcher de regretter chaque obus qui tombait : tant de métal gâché, alors qu'il était si rare!

Cependant le pilonnage avait d'heureux résultats. Il avait jeté le trouble chez les adversaires, et apparemment bouleversé leurs positions. L'un après l'autre, les fugitifs rampèrent jusqu'à la rivière, abandonnant tout sur la plage à l'exception de leur arme. Seule Monya conserva sur elle les étuis contenant ses relevés, et Uriale les sacs de ceintures où elle avait rangé les échantillons qu'elle n'avait cessé de collecter tout au long du voyage. Quand ce fut leur tour, Hagel couvrit leur fuite en jetant son dernier bâton de dynamite. L'explosion, si elle ne pouvait atteindre l'ennemi, n'en souleva pas moins un épais nuage de poussière qui lui brouillerait la vue.

Quand Davith, le dernier à quitter le refuge d'où il tirait au jugé sur leurs assaillants, se mit enfin à l'eau, Jarvis touchait déjà la coque de l'*Aven-Flo.*

8

Un à un les membres de l'expédition furent hissés à bord. Les mercenaires ne réagissaient plus. La riposte des Meeranes avait dû les surprendre. Sur cette planète où le métal si rare faisait l'objet d'une utilisation fonctionnelle intensive, l'artillerie était pratiquement inconnue. Cet exploit n'ajouterait rien à la bonne réputation des Meeranes, du côté de l'Archipel.

« Pas fâchés de vous voir! » s'exclama Jarvis, en contemplant amoureusement la voilure de son navire.

Cunan coula un regard vers les explorateurs. Sales, trempés, ils n'avaient pas fière allure. Tagner était blessé; Davith lui dispensait les premiers soins. Ruder sanglotait.

Cunan avait sans doute remarqué que l'expédition se soldait par un demi-échec. Mais il n'en souffla mot.

Déjà les marins s'affairaient pour sortir l'*Aven-Flo* de l'estuaire. Ils étaient peu nombreux, car ils s'attendaient à ce que l'expédition revînt en compagnie de trois hommes.

« Vous deviez vous demander ce que nous faisions, s'écria Cunan, avec une feinte jovialité. Excusez ce retard, mais il y a eu de l'imprévu.

— Comment, s'étonna Sverd, vous n'êtes pas venus hier?

— Non, sinon, nous ne serions pas là. Les ordres étaient de ne faire qu'une seule tentative de récupération, non? »

Il n'avait pas l'air de plaisanter.

« Qu'est-ce qui vous a retardés? s'impatienta Jarvis.

— Les choses se sont gâtées, au large. Les marchands ont rassemblé une redoutable armada dans les parages de l'île. Le gros de la flotte a dû manœuvrer de façon à en entraîner une partie à sa suite, de façon à créer une brèche pour que nous puissions passer.

— Et maintenant? » demanda Jarvis, qui, de nouveau maître à son bord, allait devoir franchir le blocus dans l'autre sens.

Cunan haussa les épaules. Dans la nuit, la

situation avait sans doute évolué. Tout ce qu'on pouvait dire, c'était que la veille, la flotte marchande cherchait à contourner les Meeranes pour les acculer à la côte.

« Ils esquivent l'affrontement direct, mais font tout leur possible pour nous échouer.

— Que fait Ranke? s'inquiéta Sverd.

— Il dérive vers les courants. »

Bien sûr, il faisait pour le mieux. Si les Meeranes pouvaient pénétrer les courants et les traverser selon la technique que Jarvis leur avait apprise, ils se mettraient à l'abri des poursuites.

« Seulement, il y a une difficulté. S'il s'engage trop près de la barre, il risque d'être entraîné sur les récifs. Et s'il s'approche trop de la côte, il s'échouera. L'idéal serait de dépasser les écueils et de franchir les courants à ce moment. Or, les marchands semblent l'avoir compris. »

Alors, il restait aux Meeranes leur arme traditionnelle : la ruse, car ils devaient passer tous en même temps. Si les marchands s'apercevaient qu'un navire s'engageait dans les courants sans subir de dommages, ils modifieraient leur tactique en conséquence et le reste de la flotte serait pris comme dans une nasse.

Sverd hocha la tête. Ranke était connu pour son mauvais caractère, mais aussi pour son habileté. On pouvait lui faire confiance.

« Et l'*Aven-Flo*?

— La flotte ne s'en occupe pas. Je compte sur sa vitesse pour me glisser à travers les mailles du filet.

— Vous a-t-on repérés, à l'aller?

— Je ne crois pas. Mais qui sait? »

A ce moment, Uriale attira leur attention sur deux voiles. Deux magnifiques bâtiments gréés pour la course leur barraient le chemin du large.

« Maintenant, nous savons », commenta Jarvis.

Après quelques secondes de réflexion, il ajouta :

« Nous allons caboter. Les fonds de la passe sont trop hauts pour qu'ils puissent nous approcher. »

Entre la côte et la couronne de récifs, la mer formait une sorte de canal où le sloop pouvait effectivement naviguer. Il s'agissait de gagner de vitesse les navires marchands et d'atteindre une autre passe.

« Les fonds s'abaissent au nord, prévint Cunan en consultant la carte. Ils auraient assez de tirant d'eau pour nous serrer de près. Par contre, il y a une zone blanche, au sud. »

Il pouvait aussi bien s'agir d'un passage que d'une région non sondée. Par ailleurs, le sud, c'était la direction du comptoir.

« Ils vont nous rabattre sur le gros de leur flotte, précisa Sverd.

— De toute façon nous serons moins vulnérables dans une région d'écueils qu'en pleine eau », décida Jarvis.

Il reprenait le commandement de son navire. L'*Aven-Flo* lui avait toujours porté chance. Avec lui, il avait percé le secret des courants; avec lui il était parti sur la trace de l'*Aloade*, le légendaire navire de l'espace qui avait amené les Terriens sur Thalassa. Avec lui il échapperait à cette île dont les fleurs empoisonnaient les esprits.

Au risque de se laisser emporter, il donna autant de voile qu'il put. Penché sur l'étrave, Sverd cherchait à deviner, dans le blanc tourbillon de l'écume, le récif acéré qui viendrait éventrer la coque du sloop. Mais la proue pénétrait l'eau profonde, lui arrachant des gerbes étincelantes : Farnsel était vaincue.

« On les distance! s'écria joyeusement Hagel en désignant les navires marchands qui, obligés à un plus long chemin, de l'autre côté de la couronne des récifs, perdaient sur l'*Aven Flo*.

— Nous allons réussir! Te voilà sauvé, dit-il à l'attention de son neveu.

— Non! »

Le cri de Ruder glaça leur enthousiasme. Se dressant avec une rapidité dont ils ne le croyaient plus capable, le Runéen les coucha en joue.

« Vous allez me reconduire à la côte! »

Suffoqués, ils regardaient le canon de l'arme pointée sur eux. Ils avaient commis une erreur en laissant un fusil à la portée de Ruder.

Hagel voulut s'interposer. Ruder tira. Il manqua le colosse, mais il était clair qu'il ne s'agissait pas d'une maladresse. Le Runéen ferait mouche quand il le voudrait. Et il paraissait terriblement décidé. Hagel, qui en avait conscience, s'était arrêté net.

Jarvis, les doigts crispés sur le gouvernail,

s'efforçait de maintenir le cap malgré le danger que cela lui faisait courir.

« Ruder, ne fais pas cela! » supplia Monya en se précipitant sur lui.

Ruder la repoussa brutalement. Mais Jarvis sut mettre à profit l'instant d'inattention du Runéen. De tout son poids, il pesa sur la barre. La voile claqua. Quand Ruder vit l'espar faucher l'air tandis que le navire virait lof pour lof, il était trop tard pour l'éviter. La lourde pièce de bois l'atteignit à la face. Hagel eut tout juste le temps de l'attraper avant qu'il ne soit projeté par-dessus bord. Dans son élan, il le précipita au fond du bateau.

« Je crois préférable de l'attacher », dit Jarvis quand, avec l'aide de tous, il eut rétabli le bon cap.

Plus qu'une suggestion, c'était un ordre. Ruder reprenait lentement ses esprits. La résistance de ce corps miné par la drogue avait de quoi surprendre. Le sang coulait sur son visage. Il se mit à geindre et à pleurer. Un filet de bave s'échappait de ses lèvres tremblantes.

Il eut plusieurs soubresauts puis son corps s'arcbouta. Il hurlait à présent, tentant de rompre ses liens.

« Assez! cria Monya.

— Tais-toi! ordonna Hagel. On ne peut rien y faire.

— Si, répliqua la cartographe. Et tu le sais.

— Tais-toi », répéta Hagel.

Cette fois, sa voix se faisait menaçante.

Sans en tenir compte, Monya se retourna vers Uriale.

« Donne-lui le léthé », dit-elle. Et, comme Uriale interdite ne bougeait pas : « Je t'en prie », ajouta Monya.

Jarvis observait la scène avec intérêt. Le léthé était une drogue d'origine mystérieuse, qu'on vendait à prix d'or dans les bas-fonds de Najade. Elle avait la réputation de procurer l'invincibilité à qui s'y adonnait. Et de rendre fou en quelques mois.

« Mais... Je n'en ai pas... » protesta Uriale, d'une voix mal assurée.

Elle devinait la vérité, mais n'osait se l'avouer.

Jarvis aussi avait compris. La scène éclairait d'un jour nouveau l'émoi manifesté par les Meeranes lors de la découverte de l'œuf. Le léthé n'avait-il pas l'aspect d'une poudre brune?

Par quel trouble apprentissage, les Meeranes connaissaient-ils l'origine de cette drogue? La science des nomades avait ses secrets, qu'il préférait ne pas percer.

Les Meeranes attendaient. Seul Hagel fronça le sourcil quand Uriale ouvrit l'étui de métal gris. Cette thérapeutique ne lui plaisait guère.

Ruder aspira avidement la poudre brune et se mit à la mâcher avec application. Le changement était spectaculaire. Ruder retrouva tout son calme. Mais bientôt, ils eurent d'autres soucis.

Naviguant sous le vent, trois navires à fond plat venaient à leur rencontre, leur interdisant l'accès à la passe.

A tribord, les écueils. Devant eux, les marchands. A bâbord, Farnsel. Reculer? Les marchands connaissaient les passages entre les récifs et les gardaient. Voilà pourquoi les navires du large s'étaient laissé distancer : une fois l'*Aven-Flo* bien engagé dans le piège, ils n'avaient plus qu'à revenir vers le passage que le sloop avait emprunté pour parer à toute éventualité de fuite.

« Cette fois, murmura Jarvis, c'est la fin.

— Détachez-moi, ordonna Ruder, et sa voix avait retrouvé toute sa fermeté. Je connais un moyen.

— Un moyen de quoi faire? demanda Sverd, soupçonneux.

— Le moyen de s'en sortir », répliqua Ruder, imperturbable.

Plus rien ne pouvait l'atteindre désormais. Le léthé avait fait son effet. Un éclat farouche brillait dans ses yeux. Il ajouta, d'un ton tranquille :

« Il suffit de passer les brisants.

— Il est fou! cracha Hagel, plein de mépris.

— Non! Je sais ce que je dis. D'accord, le léthé brouille mon jugement, mais je suis sûr de réussir ce coup-là. Il y avait un ancien pêcheur à la mine, il m'a expliqué comment procéder. Au début, quand j'ai compris ce qui se passait là-haut, j'ai pensé m'enfuir. Mais il était déjà trop tard. »

L'équipage contemplait, consterné, cet homme dont la lucidité revenait, et qui ne devait cet éveil qu'à un poison plus violent que celui qui l'avait si longtemps condamné à la prostration.

« Détachez-moi, insistait-il. C'est notre seule chance. Farnsel ne lâche pas si facilement ceux qui troublent sa quiétude. Détachez-moi, confiez-moi la barre.

— Pour que tu mettes aussitôt le cap sur l'île! ricana Sverd.

— Si je fais une chose pareille, vous pourrez toujours m'abattre. »

Jarvis regardait successivement l'étau qui se resserrait, et les Meeranes qui discutaient. La décision lui revenait. Il sortit son coutelas et trancha les liens du prisonnier. Sverd sursauta :

« Tu ne vas tout de même pas... »

Un regard appuyé lui rappela qui était le maître du bord. Il n'insista pas. Haussant les épaules, il tourna le dos à Ruder.

Tout en se massant les poignets, celui-ci prenait ses renseignements : tirant d'eau? vitesse? pouvait-on déquiller? Quand il eut tous les éléments en tête, il daigna enfin faire part de ses projets :

« Voilà ce qui se passe. A marée descendante, le flux et le reflux se combattent dans cette région de la côte. Toutes les huit vagues, le mouvement de reflux est à son maximum, et forme un rouleau qui part vers le large. En nous faisant porter sur sa crête, nous pouvons peut-être passer par-dessus les récifs. »

Cela paraissait insensé. L'audace ne suffisait pas à assurer le succès d'une manœuvre aussi périlleuse. Une connaissance approfondie du semis de rocs acérés qui cernait Farnsel aurait été nécessaire. Pourtant, Jarvis adhéra d'emblée à cette entreprise. C'était leur seul espoir de se sortir de leur délicate situation. Elle représentait aussi pour Ruder une chance de prouver qu'il pouvait encore vaincre.

« Tu te charges de la manœuvre? demanda-t-il au Runéen.

— Si tu le veux bien. »

Sverd ne cachait pas sa désapprobation. Mais, comme il n'avait rien de mieux à proposer, il s'abstint de tout commentaire. De toute façon, s'éventrer ou se faire éperonner par les marchands...

« Attention... Déquillez! » commanda Ruder.

Ils remontèrent la quille. Sans réduire la voile. Désormais, ils étaient à la merci d'un coup de vent ou d'une lame de travers. A la merci également, de la moindre défaillance du pilote. Inflexible, Ruder tenait le cap, droit sur l'écume révélatrice des brisants. Tous comptaient à haute voix les vagues. Le Runéen avait raison. Toutes les huit vagues, une lame déferlait sur les récifs, les submergeant entièrement.

« Attention, c'est pour cette fois! »

Ils s'agrippaient au gréement, contemplant avec angoisse la blancheur dont ils approchaient rapidement.

Tout à coup, l'*Aven-Flo* se cabra, poussé par la lame. Les voiles furent amenées en catastrophe, pour éviter le chavirement. Les articulations blanchissaient sur les cordages. Le sloop était littéralement porté à la crête de la vague, dans un déferlement d'écume. Le fracas était difficilement supportable; cependant ils perçurent nettement un long raclement sous la coque : l'*Aven-Flo* touchait. La coque vibra, les mâts gémirent.

Pourtant, l'*Aven-Flo* passa.

Bondissant vers le large, il pénétra bientôt dans le courant qui le mettait définitivement hors de portée des navires marchands.

ÉPILOGUE

L ES oiseaux tournaient lentement en criail-
lant au-dessus du bateau. « Là où il y a
un homme... » disait le proverbe.

Ournos brillait avec insolence au-dessus
des hommes, au-dessus des oiseaux. Une brume
bleutée estompait l'horizon, où mer et ciel se
fondaient.

Rien n'avait changé sur Thalassa. Peu de
vent, le clapotis berceur de la mer sur la
coque... Sur le pont de l'*Aven-Flo*, Jarvis somnolait.

Après deux jours de fébrile activité consa-
crée à maquiller le bâtiment de Hagel en
navire marchand, il goûtait tout particulièrement le calme de cette mer d'huile.

Hagel avait mis le cap sur Borgland, emmenant à son bord Ruder et Monya. Convié à les accompagner, Jarvis avait décliné cette offre. Trop de souvenirs s'attachaient pour lui à Balmeen, la capitale de l'île. Il ne tenait pas à ouvrir une plaie encore mal cicatrisée. Uriale avait préféré rester auprès de son compagnon.

« Crains-tu d'avoir de la peine à quitter l'Institut d'agronomie? » avait ironiquement demandé Parson.

Elle avait souri, sans répondre. C'était inutile. Le temps où elle comptait parmi les meilleurs éléments de l'Institut était bien révolu.

Ils avaient donc pris congé du philosophe mendiant, qui s'embarquait sous le pavillon de Hagel. Le conseil des capitaines lui avait, à l'unanimité, confié le soin d'avertir le parlement de Balmeen de ce qui se passait à Farnsel, afin d'obtenir du gouvernement des Archipels que la mine soit exploitée dans des conditions normales, et les fleurs arrachées. Il ne doutait pas de la réussite. Ne servait-il pas une juste cause?

« Et puis, ajoutait-il en plissant malicieusement les yeux, le parlement baalménite ne laissera pas échapper cette occasion de contrôler les affaires des marchands de Najade. »

Il ne disait pas laquelle de ces deux raisons lui inspirait le plus de confiance.

Jarvis s'étira en bâillant; sans conviction, il balaya la mèche rebelle de son front. Uriale approchait. Sa silhouette gracieuse se découpait à contre-jour sur le bleu profond du ciel.

Il ne s'était pas passé trois semaines depuis que tout cela avait commencé. Et rien n'avait changé.

Sinon qu'Uriale ne se plaignait plus de l'ennui.

TABLE

IMPRIMÉ EN FRANCE PAR BRODARD ET TAUPIN
7, bd Romain-Rolland - Montrouge.
Usine de La Flèche, le 09-06-1975.
1875-5 - Dépôt légal n° 976, 3ᵉ trimestre 1975.
20 - 13 - 4984 - 01   ISBN : 2 - 01 - 002061 - 8

Jack LONDON
   L'Aventureuse
   Le loup des mers
   Les mutinés de l'*Elseneur*
Pierre MAYET
   Le saut du chevalier
Walt MOREY
   Le vainqueur des grands fonds
Christine RENARD
   La Treizième Royale
Robert SILVERBERG
   La guerre du froid
Frederick E. SMITH
   Amicalement vôtre : Le sosie récalcitrant
Jean-Marc SOYEZ
   La tuile à loups
Robert Louis STEVENSON
   Dr. Jekyll et M. Hyde
Gilbert TANUGI
   Voyage au bout du printemps
Joan TATE
   Deux cornets de frites
Jean-Jacques TOURTEAU
   La piste de la colère
Henri VERNES
   Les rescapés de l'Eldorado
Gilles VILAR
   La nuit amazonienne
Bernard VILLARET
   Tonnerre sur les Marquises
Paul ZINDEL
   John et Laura